Le Livre de Poche Jeunesse

Ariel Holzl

Ariel Holzl a grandi dans les années 1990. Après avoir travaillé dans le jeu vidéo et le cinéma, il se lance dans l'écriture. L'urban fantasy l'inspire depuis qu'il a habité à Paris, Tokyo et Dublin. *Les Sœurs Carmines* est né d'une volonté de croiser les genres, de créer des rencontres inattendues entre ses sources d'inspiration : Tim Burton, H.P. Lovecraft, Neil Gaiman ou Stephen King. *Le complot des corbeaux* est son premier roman.

ARIEL HOLZL

LES SŒURS CARMINES

LE COMPLOT DES CORBEAUX

I

L'OISEAU MATINAL attrape le ver de terre. L'oiseau malchanceux sert de dîner aux asticots.

Le corbeau sur lequel s'ouvrait ce récit appartenait – hélas ! – à la seconde catégorie. Ce matin-là, il aurait mieux fait de rester couché…

Tiré du sommeil par l'aurore, il s'apprêtait à croasser sa joie de vivre lorsqu'un poignard d'argent fila à travers le cimetière et lui cloua le bec.

Le corbeau dégringola de branche en branche, réveillant en sursaut ses congénères. Les volatiles affolés s'égaillèrent dans le ciel – un tourment de nuages qui ne se dispersait jamais et donnait à la ville son nom : *Grisaille.*

L'épaisse brume au pied du saule recouvrit la dépouille du corbeau comme un linceul.

À Grisaille, de la brume, il y en avait partout : parmi les allées tortueuses et les ruelles scabreuses, au fin fond des impasses, sous l'éclat terne des lampes à gaz, devant les vitraux des cathédrales, à côté des fontaines et de leurs gargouilles malsaines, entre les pavés toujours humides de pluie ou de sang… Partout !

La cité en devenait plus sinistre qu'une morgue. Pour ne rien arranger, l'engouement de la Reine pour l'*Arbor tragicus* – un spécimen affreusement mélancolique de saule pleureur – ajoutait à la morosité générale. Pas étonnant alors que le taux de suicide dans les jardins publics ait fini par pulvériser tous les records, à tel point que les employés royaux ne décrochaient même plus les pendus des arbres. Ils se contentaient de vêtir les cadavres de couleurs vives et d'y épingler des guirlandes de lampions pour leur donner un petit côté festif pendant les pique-niques ou les garden-parties.

Presque aussi paresseuse, la brume somnolait ce matin entre le marbre des stèles. Elle ne faisait malheureusement pas briller le cimetière par son originalité.

Mais il fallait l'excuser, la brume… Deux cent quarante-trois cimetières pour une seule ville ; difficile de toujours se renouveler.

L'aube pesante ne l'aidait guère. L'automne avait dénudé les saules, dégarni les cyprès, recouvert de corbeaux la moindre grille, la moindre branche.

Même aussi tôt, le cortège de croque-morts à plumes semblait déjà comploter quelque chose. On venait heureusement d'échapper au cliché des croassements de mauvais augure ; le *TCHAC !* abrupt de la lame avait tué le récital des corbeaux dans l'œuf. Ou presque.

La main qui avait lancé le poignard se prolongeait par une manche de dentelle blanche, puis une robe trop ample où flottait une jeune fille qui détestait les oiseaux. Sa haine à leur égard restait toutefois strictement professionnelle. Rien à voir avec du sadisme ou de la cruauté. Comparée aux autres habitants, cette absence de méchanceté rendait l'adolescente particulièrement… bizarre. Déviante, même.

Sa présence ici, en revanche, n'avait rien de remarquable : selon les naturalistes de Grisaille, les jeunes filles en robes blanches arrivaient en troisième position des espèces les plus communes dans les cimetières, juste après les corbeaux et les asticots. D'ailleurs, une autre jeune fille était assise sur une pierre tombale non loin de la première. Sa robe blanche tombait mieux sur elle, tout comme ses boucles auburn qui tombaient mieux jusqu'à ses épaules que les mèches courtes et blondes de la lanceuse de couteaux. Mais impossible de s'y méprendre : elles faisaient partie de la même espèce et, plus exactement, de la même fratrie.

Une tombe s'ouvrait devant la paire de sœurs. La brume y cascadait avec nonchalance, tandis qu'un duo de dandys en expulsait des gerbes de terre. Ils maniaient la pelle en silence. Une seule question occupait toutes leurs pensées :

Comment avaient-ils fini au fond du trou ?

Il y a trois heures de cela, profaner une sépulture semblait une bien meilleure idée. Le vin, le brandy et quelques sourires enjôleurs avaient suffi à les convaincre.

Merryvère, qui était à l'origine de la suggestion mais ne se sentait pas très fière de les mener ainsi en bateau, alla récupérer son poignard. Sa grande sœur Tristabelle, bien loin de partager ses scrupules, bâilla d'une façon aussi sonore que possible pour manifester son impatience.

Alors que Merry fouillait la brume à ses pieds, un craquement de bois – le choc d'une pelle contre le cercueil enfin à découvert – l'obligea à se hâter. Elle retrouva sa dague, l'essuya sur la semelle de sa bottine et la glissa dans son corsage. Le contact du métal contre sa peau lui arracha un frisson.

Pourquoi n'y a-t-il pas la moindre poche sur cette maudite robe ?! s'offusqua son esprit pratique.

Elle regrettait d'avoir laissé sa sœur piocher parmi les affaires de leur mère pour les habiller. Selon les propres mots de cette vipère de Tristabelle, Merry était « maigre et dégingandée », et les robes de courtisane avaient été taillées pour un tout autre genre de silhouette. Quant à leur style… Une cargaison entière de dentelle avait échoué sur son anatomie en d'innombrables cols, manchettes et jupons. Aucune poche, en revanche. Un comble pour Merry, qui disposait d'habitude d'une quarantaine de replis discrets dans sa tenue de monte-en-l'air.

Elle avait tout de même cédé aux arguments de son aînée. Tenir tête à Tristabelle dans l'art du chiffon était un combat perdu d'avance. Surtout pour une soirée mondaine.

En revenant s'asseoir, Merry pêcha son reflet dans une flaque de pluie : la robe trop bouffante lui donnait l'air d'une meringue aux blancs d'œuf mal montés. L'image lui fit prendre conscience qu'elle mourrait de faim.

Il n'y avait pas eu grand-chose à manger à ce bal. Mais à boire…

L'alcool faisait partie intégrante du charme d'un Bal des Hauts. Très prisées par la jeunesse de Grisaille, ces réceptions clandestines se donnaient sur les toits les plus élevés et les terrasses les plus venteuses de la Haute-Ville. Vertige, valses et verres à volonté y garantissaient des situations grisantes et une ambiance – *vraiment* – mortelle : si personne n'était allé s'écraser sur le pavé avant la dernière danse, on considérait que la soirée n'avait pas été réussie. On doublait alors l'alcool pour la prochaine.

Ne voulant pas émousser ses sens plus que de raison, Merry avait fait de son mieux pour siroter le même verre de vin tout le bal. Maman aurait été très déçue d'apprendre qu'elle ne profitait pas de la fête à son plein, mais la jeune fille s'était découvert trop d'ennemis après son dernier cambriolage pour relâcher son attention. Tristabelle, elle, ne s'était pas fait prier pour vider les coupes que sa sœur refusait. Malgré ses airs de poupée, elle tenait mieux la boisson qu'un équipage entier de pirates – un autre trait qui la rapprochait davantage de leur courtisane de mère.

Arrachant Merry aux souvenirs du bal, le silence éclata en même temps que la patience et les bonnes manières de ces messieurs.

— Poussez ! Mais *poussez*, bon sang ! N'êtes-vous qu'une grosse limace en habits du soir ?

— Mais non ! C'est à vous de tirer ! Avec la fange qui vous sert de muscles !

— Pff ! J'en ai autant à dire de votre cervelle !

Le cercueil émergea brusquement de la fosse. Le visage soucieux de Thomas aussi.

Le regard gris-bleu du jeune homme vacilla sur Merry. Ses yeux tristes lui faisaient penser à la grande lune de Grisaille, telle qu'elle la voyait chaque soir quand elle bondissait de toit en toit. Et devant la boue qui maculait sa chemise et son gilet, elle fut prise de pitié. Thomas avait dilapidé ses économies pour lui faire bonne impression à cette soirée, et tout ce qu'il allait y gagner serait un costume ruiné, voire un possible séjour en prison. Dire qu'il avait eu l'air si profondément heureux quand elle était passée le chercher à la forge où il travaillait comme apprenti… Elle se doutait depuis toujours qu'il nourrissait à son égard certains sentiments que…

Lorsque Thomas s'immobilisa pour fixer plutôt Tristabelle, qui réajustait l'échancrure de son corset avec force minauderies, Merry regretta sa compassion.

Sa main se crispa sur un autre poignard, attaché contre sa cuisse par un lacet de cuir. La jeune fille se demanda un instant sur lequel des deux elle aurait le plus de satisfaction à le balancer.

Un chacun, peut-être ?

Elle se contenta finalement de claquer des doigts devant le visage du garçon. Thomas en rougit et se retourna vers la tombe béante, trop honteux pour lui faire face.

Merry n'était pas née de la dernière averse ; Tristabelle se moquait de Thomas comme d'une guigne. Mais il avait suffi qu'elle remarque l'intérêt qu'il portait à sa petite sœur pour qu'elle jette son dévolu sur lui. Prendre les jouets des autres avait toujours été son occupation favorite.

Cette pensée la rendit furibonde : Thomas était peut-être un nigaud, mais c'était *son* nigaud !

Euh… en toute amitié.

Que dirait Tristabelle si elle sautait au cou de l'autre, là, celui qui était toujours au fond du trou, en train de pousser le cercueil ?

Probablement rien, lui souffla son bon sens. *Autant essayer de raisonner un tremblement de terre ou de faire de la peine à un incendie !*

À côté de l'esprit nébuleux de sa sœur aînée, le second jeune homme paraissait aussi transparent qu'une bulle de savon. Il n'était motivé que par une chose, et une seule…

— La brume vous donne l'apparence d'un spectre splendide, Dame Tristabelle, dit-il en s'extrayant de la fosse.

— Elle me donne surtout froid aux pieds, répondit l'intéressée. Hâtez-vous donc de hisser ce cercueil, Léon.

Comme tous les Sépulcres, Léon avait les yeux noirs, les cheveux noirs et la peau blafarde, plus pâle encore que celle de Merryvère. Elle devait tout de même reconnaître qu'il était assez bel homme, avec sa mâchoire carrée et ses pommettes hautes, et en particulier pour un Sépulcre : on ne vantait pas leur Maison pour la beauté de ses membres, mais pour leurs talents de nécromants.

Lesdits talents allaient de pair avec une réputation de nantis prétentieux, toujours guindés, toujours tirés à quatre épingles. On aurait pourtant eu du mal à le croire en voyant l'état lamentable de Léon après son petit numéro de fossoyeur…

Tout était vrai, cependant : les Sépulcres avaient bâti leur fortune indécente sur les cadavres. Ils les achetaient en masse et les réanimaient pour en faire une main-d'œuvre bon marché, infatigable et obéissante. Les malheureux qui contractaient auprès d'eux une *assurance-mort* – la cession du droit d'usage de leur corps *post-mortem* en échange de quelques lys, la monnaie de Grisaille – ne connaissaient jamais le repos.

On trouvait ces *rapiécés* partout en ville, effectuant les tâches les plus simples et les plus physiques, des scieries aux docks en passant par les mines. Même dans les rangs des employés municipaux, où leur lenteur et leur maladresse les distinguaient à peine des autres fonctionnaires. Et à eux, au moins, on pouvait leur coudre un sourire.

Grâce aux rapiécés, la Maison Sépulcre occupait donc une place de choix parmi les Huit, les plus hautes familles de la noblesse qui tiraient toutes les ficelles de Grisaille. La seule contrariété qu'ils avaient connue ces derniers temps était le décès impromptu de leur patriarche, Oswald Sépulcre.

Enfin… ce n'était pas *si* contrariant pour certains Sépulcres : Léon se retrouvait en bien meilleure place dans la ligne de succession.

Merry contempla l'heureux héritier en train de plaquer un épi parmi ses cheveux pleins de boue. Beau, riche et pas bien malin… Tristabelle se laisserait peut-être tenter. Mais pas sans contrat de mariage en bonne et due forme pour assouvir ses ambitions de noblesse. Léon Sépulcre avait visiblement d'autres intentions – plus brèves et plus charnelles – qui ne nécessitaient certainement pas d'épousailles. Surtout avec une fille de courtisane sans le sou.

Dans ce jeu de dupes, Merryvère misait par expérience sur Tristabelle. Sa sœur allait, comme toujours, profiter des poches bien remplies de Léon pour se faire courtiser de la plus coûteuse des manières sans lui laisser en retirer plus de satisfaction qu'un baisemain.

D'habitude plus critique, Merry s'accommodait cette fois de sa conduite à l'égard du galant : elle ne souhaitait pas avoir pour beau-frère un parent du seul homme qu'elle ait jamais tué.

La victime en question se trouvait d'ailleurs juste devant eux, dans le cercueil qui reposait maintenant aux pieds de Léon.

— Magnifique, n'est-ce pas ? dit le Sépulcre en caressant le bois vernis. Les poignées sont en or blanc, les bas-reliefs représentent l'arbre généalogique de la famille. Et vous n'avez encore rien vu ! Sûres d'avoir le cœur bien accroché, mesdames ?

— Ouvrez-le, Léon ! J'en meurs d'impatience. J'en meuuuuuurs… bâilla l'aînée des Carmines.

Merry secoua la tête, consternée par sa sœur.

Léon dévissa l'une des poignées métalliques du cercueil, puis la tendit sans un mot à Thomas pour qu'il s'en serve de pied-de-biche. Le geste parfait du maître à son domestique. Thomas avait sa fierté, mais il s'exécuta, conscient que ni le lieu ni l'heure ne se prêtaient à une discussion musclée sur la lutte des classes.

En le voyant s'escrimer sur les mauvais points d'appui et utiliser bien plus de force qu'il n'en fallait pour faire sauter les clous, Merry aurait voulu s'occuper du cercueil elle-même. Ouvrir ce qui était verrouillé constituait, après tout, son gagne-pain.

Elle chassa toutefois l'idée à regret. C'était déjà un miracle que Léon ait cru à leurs mensonges ; mieux valait donc le laisser conter fleurette à Tristabelle sans attirer son attention.

En jouant les godiches, je ne risque de blessures qu'à mon amour-propre, se réconforta Merry. *Pas de finir sur l'échafaud.*

Le couvercle du cercueil finit par tomber, révélant un intérieur de satin. Et le corps, évidemment. Merry préféra se concentrer sur le satin.

— Voilà ! s'écria Léon avec l'enthousiasme d'un prestidigitateur en plein final. Je vous présente Grand-oncle Oswald. On jurerait qu'il dort, n'est-ce pas ?

— Fascinant… répondit Tristabelle en inspectant sa manucure.

Ce n'était pas la réaction à laquelle s'attendait le Sépulcre. Il se gratta l'oreille, confus et déçu.

— Oui, vraiment fascinant, dit Thomas avec plus d'enthousiasme. Il a l'air… en vie. Et on dit qu'il a chuté de plusieurs étages ?

Une question *particulièrement* fascinante pour Merry, qui l'avait vu tomber : la basilique Sépulcrale était haute d'une centaine de mètres ; une telle chute aurait dû réduire le corps en charpie.

— En effet, mon brave ! indiqua Léon. N'est-ce pas une preuve supplémentaire de la qualité de nos embaumeurs ? Et j'ajouterais que cela fait maintenant une semaine qu'il a passé l'arme à gauche. Une semaine entière !

— On… on peut le… toucher ? hasarda Merryvère.

Léon ne se formalisa pas de son intérêt soudain pour la chair morte, trop absorbé par la chair bien vivante qui arrondissait le décolleté de sa grande sœur. Mais Thomas eut un mouvement de recul qui en disait long. Il s'écarta pour rejoindre Tristabelle et reconsidérer ses choix sentimentaux.

Merry n'aimait pas être à l'origine de son dégoût. Elle ravala cependant le sien et avança à pas timides vers le cercueil.

— Oui, oui, allez-y, confirma Léon. Penchez-vous, touchez-le, sentez-le ! Observez l'élasticité de la peau et la finesse de la conservation !

Elle se pencha, donc.

Oswald Sépulcre portait un costume à jabot noir et une perruque qui lui donnaient un port altier, et moins l'air du vieillard en robe de chambre qu'elle avait malencontreusement précipité dans le vide. Elle ne s'attarda pas sur son visage aux yeux clos. La position de ses bras, le long du corps plutôt que repliés sur la poitrine, arrangeait ses affaires.

La jeune fille sortit furtivement un énième poignard de sa manche. Plus discrètement encore, elle épia ses compagnons du petit matin.

Tristabelle trônait à son aise sur la pierre tombale qu'elle s'était appropriée, entourée des deux garçons. Ils parlaient des détails troubles autour de la mort du patriarche. C'était le moment idéal.

Merry se passa l'index sur le visage comme si elle essuyait une larme. Le geste ne dura qu'une fraction de seconde, trop bref pour être remarqué. Mais Merry savait que Tristabelle ne l'avait pas raté. Les sœurs utilisaient ce signal secret depuis des lustres.

— Entendre de telles horreurs… dit Tristabelle, d'une voix qui tournait peu à peu au murmure. Et votre pauvre grand-oncle devant nous… Je ne me sens pas au mieux…

Léon allait l'avoir, son évanouissement romantique. Sauf que, bien sûr, ce fut dans les bras de Thomas que sa sœur choisit de défaillir. Merry n'eut néanmoins pas le temps de se soucier de cette pique à son intention.

Elle prit une grande inspiration et pressa la lame du poignard contre la main du mort.

L'argent pénétra la chair de l'auriculaire à la dernière phalange, la plus proche de la paume. La lame se bloqua alors au contact de l'os.

Merryvère appuya plus fort. Beaucoup plus fort.

Le couteau tailla dans l'obstacle jusqu'au bois. Elle attrapa le doigt amputé au creux des siens. La chair du défunt conservait une tiédeur surnaturelle, mais sans une goutte de sang. La jeune fille glissa poignard et doigt coupé dans sa manche. Puis elle se retourna lentement, la nuque raide et empoissée de sueurs froides.

Les hommes n'avaient d'yeux que pour Tristabelle. Ils lui frottaient les mains, lui essuyaient le front, lui tapotaient les joues avec une délicatesse qui frisait l'insécurité. Comme s'ils avaient peur de se faire mordre.

Dans ce cas, ils sont moins bêtes qu'ils en ont l'air. Pour peu qu'ils abîment son maquillage, elle risque bien de leur arracher la tête avec les dents !

Merry toussota et, miracle, Tristabelle reprit connaissance.

— Il est temps de rentrer. Nous sommes fatiguées, et ma sœur est très…

Merry faillit dire « sensible » mais elle se ravisa : si l'on en croyait les prédicateurs, des menteurs avaient été foudroyés sur place pour moins que ça.

— Bien sûr, bien sûr, répondit Léon en relevant Tristabelle. Quel dommage, tout de même ! Je m'apprêtais à invoquer l'esprit de Grand-oncle, pour qu'il nous en dise un peu plus sur son décès. C'est un petit truc très facile, mais toujours très distrayant et…

— Une prochaine fois, le coupa l'aînée. Vous serez heureux qu'il y ait une prochaine fois, n'est-ce pas, très cher Léon ?

Le jeune homme acquiesça derechef :

— Tout à fait. Il faut juste refermer le cercueil, et nous pourrons…

— Très bien, refermez donc tout ce que vous avez à refermer. Merry et moi, nous rentrons. Thomas, ramenez-nous à l'attelage, je vous prie.

Léon en resta médusé. Mais comme Tristabelle déposa une bise sur sa joue avant de prendre congé, il s'exécuta sans un mot.

Tu n'as vraiment aucune chance, « très cher Léon »… constata Merry en le quittant.

Tandis qu'elles retraversaient le cimetière, chacune à un bras de Thomas, la brume se dissipa enfin.

Elle en avait assez vu et assez fait, la brume. Merryvère aussi.

II

LADY CARMINE ET SES FILLES logeaient à mi-chemin entre la Haute et la Basse-Ville. Il s'agissait d'une maison de huit pièces et deux étages – loin d'être une bicoque, mais pas non plus un manoir digne de ce nom. Et comme toutes les demeures biscornues de la cité, elle avait de nombreuses particularités.

La plus saisissante pour Merry était qu'elle se situait au bout d'une impasse à flanc de falaise. Le promontoire naturel ainsi formé surplombait tout le centre de Grisaille. L'ascension en fiacre offrait donc à la jeune fille une vue imprenable sur les toits d'ardoises sombres, les beffrois effilés, les passerelles de marbre des ruelles aériennes, les castels pleins de tours, les créneaux pointus des manoirs, les luxueux hôtels particuliers… Ils semblaient tous n'attendre qu'une seule chose : qu'elle vienne les escalader pour piller leurs intérieurs.

Merry pouvait également voir les docks au loin. Et par-delà, l'océan qui avait englouti leur mère trois ans plus tôt.

Malgré le drame, cette vision suscitait toujours en elle un élan de liberté.

Enfin, si elle se penchait suffisamment à la portière, elle pouvait même apercevoir les briques du palais royal au-dessus de leurs têtes. Il ceignait le sommet de la falaise comme une couronne de jais sur la ville grise.

Thomas les laissa au pied de l'impasse, s'excusant de ne pas les raccompagner jusqu'à leur porte. La galanterie devait toutefois être sacrifiée : un cheval seul aurait déjà eu du mal à emprunter la voie taillée dans le granit, alors un fiacre entier ? Impossible. Merry le soupçonnait aussi d'avoir quelques scrupules concernant l'abandon du Sépulcre au cimetière. C'était le fiacre de Léon, après tout.

L'impasse Scolopendre portait bien son nom : sinueuse et grimpante, on y risquait même l'empoisonnement lorsque les rapiécés oubliaient de s'occuper des ordures pendant plus d'une semaine.

Le portail de fer forgé grinça une plainte familière sous la poussée de Tristabelle. Un enchevêtrement de ronces noirâtres le bordait. Les herbes folles avaient envahi la cour, bruissant sous leurs talons tandis qu'elles avançaient sur l'allée centrale de plus en plus déformée par la pluie. Merry contempla à regret l'ancien potager. Il n'y poussait maintenant rien de plus comestible que des doryphores.

Cela faisait bien longtemps que les sœurs Carmines ne pouvaient plus se payer de jardinier. Ni de femme de chambre ou tout autre domestique pour les aider à entretenir l'intérieur.

— Avec le temps que tu passes à la maison, ne pourrais-tu pas t'occuper du jardin ? demanda Merry.

— Et puis quoi, encore ? protesta Tristabelle. Ai-je l'air d'une Du Lys ? J'ai déjà appris à cuisiner, je te le rappelle !

Ça, pour s'en rappeler…

Tristabelle *commettait* des plats comme d'autres commettent des crimes : n'importe quelle recette devenait un attentat contre le goût, n'importe quel ingrédient une victime.

Si elle est aussi douée avec une paire de cisailles qu'avec une poêle à frire…

Rien qu'en pensant à ce qu'elle aurait pu faire du jardin familial, Merry réprima un frisson.

Pour rejoindre la porte d'entrée, elles passèrent sous un chêne centenaire collé depuis toujours à la bâtisse comme un amant fidèle. Ses branches serpentaient jusqu'aux murs et formaient une toile arachnéenne sur le crépi.

Lorsqu'elles pénétrèrent dans le vestibule, les sœurs entendirent du bruit en provenance de la cuisine : une cacophonie métallique, comme si l'on fouillait dans tous les tiroirs, puis un choc sourd suivi d'un son gluant de mastication.

Les jeunes filles se regardèrent et se comprirent sans un mot. Merry dégaina ses poignards ; Tristabelle attrapa un tisonnier dans l'âtre du salon. Elles se dirigèrent ensuite à pas feutrés vers la source du fracas.

Juchée sur la table de la cuisine, une créature au visage rouge et poisseux s'acharnait sur sa victime éventrée.

— Dolorine ! s'écria Merry à l'adresse de la plus jeune des Carmines.

La fillette sursauta, lâcha le pot de confiture et se retourna vers ses grandes sœurs. Sa chemise de nuit était couverte de framboise, ses longs cheveux noirs aussi. Sur ses traits fins flottait un air de culpabilité. Elle attrapa Monsieur Nyx, la poupée qui ne la quittait jamais, et serra contre elle ce bouclier pelucheux.

— J'avais faim ! se défendit Dolorine. C'est l'heure du petit-déjeuner et personne n'était là. Alors j'ai…

— Alors tu as décidé de te comporter en petit porcelet ? dit Tristabelle. Ce ne sont pas des manières de dame !

Elle échangea son tisonnier contre un chiffon près de l'évier et le passa sous l'eau. Puis elle commença à débarbouiller l'enfant. Merry reporta son attention sur les ustensiles éparpillés à côté du pot de confiture.

— Un couteau et un… marteau ? Qu'est-ce que tu as fabriqué avec ça ?

— Je n'arrivais pas à ouvrir le couvercle ! Alors Monsieur Nyx m'a dit qu'on pouvait le percer, et j'ai…

— Ce ne sont pas des jouets, Dolly. Tu aurais pu te faire mal.

— Non. Pas moi. C'est Monsieur Nyx qui l'a ouvert.

Merry examina le pot. Une entaille traversait le couvercle de part en part. La confiture en dégoulinait.

— Ce n'est pas bien de mentir, continua-t-elle. Ni d'accuser ses amis. Monsieur Nyx n'a pas une seule tache de framboise sur lui.

— Mais c'est vrai ! protesta la fillette. J'ai juste tenu le pot. Il n'avait pas faim, c'est tout.

Merryvère fronça les sourcils, mais Dolorine soutint son regard avec défi. Ses yeux noirs ne cillèrent même pas, tels deux boutons de bottine. Huit ans tout juste, et pourtant ses yeux auraient pu en avoir huit cents… Ils engloutissaient le monde dans leur profondeur.

— Ce n'est pas bien de mentir *aussi mal*, reprit Tristabelle en lui frottant une joue. Tu joues divinement la comédie, Dolorine. Mais il faut que tu travailles sur des alibis plus convaincants que « Ma poupée l'a fait ! ».

— Ne l'encourage pas, gronda Merry.

— Moi ? L'encourager ? Tu ne manques pas d'air ! De qui tient-elle l'envie de jouer avec des couteaux ?

Merry préféra ne rien ajouter. Elle détestait se disputer avec Tristabelle devant leur benjamine. De toute façon, elle avait les nerfs à vif à cause de la fatigue. Son seul désir ? Se glisser sous sa couette. Mais d'abord, elle avait une dernière chose à régler.

La jeune fille attrapa une casserole, la remplit d'eau et la mit à chauffer. Une fois à ébullition, elle jeta dedans le doigt coupé. Selon Katryan, il fallait procéder ainsi pour créer une clé-squelette. Merry alla ensuite chercher le coffret, caché derrière un panneau de bois amovible sous l'escalier.

Quand elle revint à la cuisine, Dolorine était en train d'asseoir Monsieur Nyx sur une chaise. Tristabelle faisait l'inventaire d'un placard à provisions.

— Tristabelle veut manger le grognon ! On va pas manger le grognon, quand même ? demanda Dolorine avec une pointe d'inquiétude.

— « Gros oignon », corrigea Merry.

— Oh ! d'accord. Mais pourquoi est-ce qu'il fait pleurer, alors ?

En guise de réponse, Merry lui chatouilla le nez d'un air malicieux. Un paradoxe haut comme trois oignons que cette petite sœur-là, aussi déroutante dans ses éclats de candeur que par sa maturité.

Tristabelle attrapa une large fourchette et fit s'asseoir Dolorine sur ses genoux pour lui peigner les cheveux. La fillette grimaçait à chaque nœud, mais ne se plaignait pas. Elle adorait se faire ainsi choyer par ses sœurs.

— Monsieur Nyx veut savoir : c'est quoi, cette belle boîte ? dit Dolorine en pointant le coffret de l'index.

— Un trésor, répondit Merry.

Elle le posa sur la table et se dirigea vers la casserole. Il n'y restait plus que l'os du doigt. Toute la chair qui l'enrobait avait disparu, réduite à une cendre grisâtre au fond du récipient. Elle récupéra l'auriculaire et revint s'asseoir près du coffret.

C'était, en effet, une belle boîte. Quoique pas très grande. Suffisamment néanmoins pour contenir une centaine de lys d'or. Ou des bijoux. Et même, pourquoi pas, des pierres précieuses non serties. Faite d'acier nocturne, un alliage réputé indestructible, la surface du coffret présentait des runes écarlates. Merry espérait qu'elles soient purement décoratives : elle ne tenait pas à se faire frapper par un envoûtement ou une malédiction. Kat lui avait pourtant assuré qu'il n'en serait rien avec la clé-squelette.

La serrure – un simple trou rond – était à peine plus grande que le petit doigt de la jeune fille. Et comme elle en possédait actuellement trois, Merry glissa dans la serrure celui qui n'était plus qu'un os bien propre.

— Le moment de vérité… dit-elle un peu pour Dolorine, qui regardait toute la scène avec la plus grande attention, et un peu pour elle-même.

Merryvère tourna la clé-squelette.

Rien ne se produisit.

L'os pivota dans la serrure sans offrir de résistance.

Elle essaya l'autre côté. Sans plus de succès.

— Monsieur Nyx dit que tu devrais pousser toute la clé à l'intérieur, proposa la fillette.

Merry toisa la poupée de sa sœur d'un air équivoque.

Monsieur Nyx ressemblait à une grosse boule de peluche noire avec des croix de fil blanc traçant sa bouche et ses yeux. Des boudins de tailles diverses (des chaussettes dans une vie antérieure) représentaient ses membres. Quand on lui demandait ce que Monsieur Nyx était censé être, Dolorine répondait invariablement : « Un ange. »

Certes, on lui avait bien cousu une paire d'ailes informes… Mais aussi une queue fourchue et de petites cornes qui le faisaient davantage ressembler à un parfait diablotin.

Qu'est-ce que tu sais que j'ignore, Monsieur Nyx? s'interrogea Merry.

En bon ami imaginaire de Dolorine, la peluche se contenta de rester aussi immobile que silencieuse.

Merry haussa les épaules. Puis, n'ayant rien d'autre à perdre que sa dignité, elle décida de suivre les conseils du bout de chiffon.

Lorsque la clé-squelette s'enfonça jusqu'à produire un déclic, son sourire gêné se mua en surprise.

Les runes ciselées sur le métal se mirent à luire d'un rose très pâle. Le déclic fut suivi d'un autre déclic, puis se fondit en une série de cliquetis réguliers, rappelant le coulissement d'une crémaillère. Ou des os qui frotteraient les uns contre les autres.

La lueur s'intensifia, passant du rose au rouge profond. Le haut du coffret se divisa en plusieurs segments d'acier. Ils glissèrent de part et d'autre en suivant le tracé des runes, révélant enfin le contenu de l'écrin aux sœurs attentives.

— Mais…

— C'est…

— Une petite cuillère, constata Tristabelle d'un ton morne. Voilà la solution à toutes nos dettes, youpi…

Merry en resta bouche bée. Cela ne *devait*, cela ne *pouvait* pas être tout !

Elle attrapa le coffret des deux mains, le renversa violemment sur la table. Rien d'autre n'en tomba que la cuillère.

— Une foutue petite cuillère ! cria à moitié la jeune fille. En argent, d'accord, mais ça ne vaut même pas un lys ! Je pourrais tirer un meilleur prix du coffre ! Par tous les épouvantails des enfers, je… je…

Elle se laissa retomber sur sa chaise, soudain à bout de forces.

— Je suis perdue, articula Merry du bout des lèvres. Nous sommes perdues. Tout est perdu.

— Allons, cesse ton mélodrame ! dit Tristabelle en se levant. Je suis sûre que tu nous dénicheras mieux demain. Un couteau à rôti ou une fourchette… Peut-être même une soupière, qui sait ?

Blême et les bras ballants, Merry ne rétorqua rien aux moqueries. Tristabelle ne savait pas. Et c'était mieux ainsi. Elle s'était mise dans le pétrin toute seule ; elle devrait s'en sortir de la même façon.

Avant de quitter la cuisine, sa grande sœur s'arrêta sur le pas de la porte.

— Tu sais, cette cuillère… C'est sans doute un *memento mori*.

— Je sais, Tristabelle ! Je ne suis pas complètement stupide, merci ! (*Juste d'une dangereuse naïveté quand tu traites avec des criminels*… songea-t-elle.) Mais ça ne change rien. Seuls les Sépulcres paieraient pour un *memento*. Et j'ai pris celui-là à leur patriarche, le soir de sa mort ! Je perdrais moins de temps à me planter la petite cuillère dans le cœur qu'à essayer de les filouter de la sorte…

Tristabelle se contenta d'étouffer un bâillement. Merry la regarda grimper à l'étage sans la voir, ses pensées entièrement tournées vers la Garde Spectrale.

Depuis son dernier cambriolage, la jeune fille vivait dans l'appréhension de la police royale : non seulement la Garde Spectrale était la branche spécialisée dans les homicides de Grisaille mais, en outre, elle devait sa création à un certain Oswald Sépulcre… De quoi la motiver à apprendre tout ce qu'elle pouvait sur leur compte.

Merry avait notamment découvert que les origines de la Garde ne remontaient pas à plus loin que le règne de l'actuelle souveraine, Aubépine Du Lys. Mais la rumeur divergeait sur les circonstances exactes de son établissement. Certains affirmaient que cette décision coïncidait avec l'assassinat du roi Basile V, une vingtaine d'années plus tôt.

D'autres soutenaient que la Reine avait trouvé le taux de mortalité de ses sujets très préoccupant… pour les finances du royaume. Elle souhaitait donc qu'ils restent vivants un peu plus longtemps pour payer un peu plus d'impôts.

En revanche, tout le monde connaissait les méthodes de ses agents avec précision. Et pour cause ! Nobles, bourgeois ou gueux des bas-fonds, le meurtre était le passe-temps favori à Grisaille. Les investigateurs royaux ne manquaient jamais d'ouvrage.

Chacun d'eux était un Sépulcre, seule Maison versée dans la pratique du *memento mori*. Ce procédé nécromantique convoquait l'esprit du défunt par l'intermédiaire d'un objet en sa possession au moment de sa mort. Il suffisait ensuite de demander directement au fantôme qui l'avait occis, et *hop !* l'affaire était résolue, le coupable exécuté, le mort vengé. L'homicide volontaire devenait alors un hobby beaucoup moins attrayant lorsqu'on était certain de se faire attraper.

La Garde Spectrale était si efficace que les criminels les plus retors avaient fini par s'adapter d'une bien étrange façon : les cadavres disparaissaient dans la nature, les scènes de crime devenaient des lieux vides et pimpants de propreté, qui dégageaient une fraîche odeur de chlore. Aux yeux des enquêteurs, chaque centimètre immaculé de Grisaille sans tache de sang ni cafard semblait désormais la meilleure preuve qu'un meurtre y avait été commis.

Sauf, bien sûr, quand la Garde finissait par dénicher ce *memento* accablant que l'on croyait avoir détruit…

— Je peux garder la cuillère ? demanda Dolorine à Merry, une fois l'aînée partie. J'ai encore envie de confiture !

— Bien sûr, ma chérie, dit Merry en lui caressant les cheveux. Mais ne joue pas avec le coffret, tu risquerais de te coincer les doigts.

L'enfant opina et Merry monta se coucher. Elle chipa au passage quelques pommes dans un panier qui traînait sous la fenêtre. La chair des fruits était blette et cireuse. Mais tout valait mieux qu'un plat cuisiné par Tristabelle.

III

Merryvère piétina mollement jusqu'à sa chambre, une mansarde plus exiguë que celles de ses sœurs. Comme elle pouvait toujours se dégourdir les jambes en grimpant sur le toit, elle se fichait bien de vivre dans un tel cagibi.

Sa tenue de monte-en-l'air l'attendait sur une chaise. Même posée ainsi en plein soleil, la capuche ombreuse ressemblait à une goutte de nuit. Dolorine s'était occupée d'en recoudre le cuir déchiré, comme elle avait promis de le faire. Des trois sœurs, la fillette maniait le mieux l'aiguille.

Merry alluma une chandelle, tira les rideaux et se déshabilla. Elle délaissa ses poignards, ses garrots, ses passe-partout, ses fioles d'acides et de somnifères, ses crochets, ses aimants… même un grappin et ses cent mètres de fil d'acier qu'elle portait ceinturés autour de la taille. Poches ou non, Merry ne serait pas plus sortie sans son matériel que complètement nue. La robe de Maman alla rejoindre la commode.

En la refermant, elle s'arrêta un instant devant son miroir mural. Elle avait une mine atroce : les traits tirés, la peau terne, des cernes profonds sous les yeux… Seul l'éclat vert de ses iris offrait encore quelque vigueur.

« *Vert, couleur de l'espoir… et de l'envie* » lui répétait souvent cette graine de voyante de Katryan.

De l'espoir, il y en avait peu chez les Carmines ces derniers temps. De l'envie, en revanche… Les sœurs en avaient toujours eu l'une envers l'autre : fine blonde aux yeux verts, plantureuse rousse aux yeux bleus… autant de différences qui nourrissaient leur rivalité. Depuis la disparition de Mère, Merry faisait pourtant de son mieux s'en détacher. Et l'on aurait eu plus de chance d'arracher des larmes à une statue de marbre que de faire avouer à Tristabelle qu'elle jalousait sa sœur en quoi que ce soit.

Leurs disparités physiques avaient également alimenté de plus profondes suspicions. Les deux grandes n'avaient pas eu besoin d'attendre l'arrivée de la petite dernière, avec ses cheveux ailes de corbeau et ses pupilles de même couleur, pour comprendre que quelque chose clochait dans le tableau familial. Surtout quand leur mère affichait un portrait de pétillante brune aux yeux noisette.

La question n'avait été néanmoins soulevée qu'une fois, lors d'une dispute terrible.

Tristabelle avait onze ans, Merryvère neuf ; Dolorine n'était encore qu'un nourrisson au berceau.

L'origine du conflit ? Merry avait cisaillé une robe en velours de son aînée pour s'en faire une cape et un masque grotesque. Elle s'amusait à être Rose Du Lys, une princesse des premiers âges qui avait mené une double vie riche d'aventures. Nombre de contes immortalisaient ses exploits, et Merry en raffolait. Sa grande sœur avait beaucoup moins raffolé de la destruction de sa robe favorite.

Les injures avaient plu de part et d'autre, jusqu'à ce que Tristabelle lance à Merry qu'elle n'était pas sa sœur et qu'elle n'avait rien à faire dans leur foyer. Une gifle sèche et sonore, partie de la main de Lady Carmine, avait alors interrompu sa tirade acerbe.

La fillette fut trop choquée pour pleurer ; leur mère ne les frappait jamais et ne les avait jamais plus frappées par la suite. Merry, tout aussi choquée, éclata en sanglots pour sa sœur.

Regrettant son geste, Lady Carmine les avait serrées dans ses bras pour les calmer. Mais sous ses mots couvait encore une vive colère :

— Vous êtes *MES* filles. *JE* vous ai portées, *JE* vous ai nourries, *JE* vous ai donné tout mon amour. Cela fait de vous des sœurs ! Pas des demi-sœurs, pas des quarts de sœurs, pas des cousines… Des *sœurs* !

En voyant ses filles recroquevillées l'une contre l'autre, la voix de Lady Carmine s'était adoucie :

— Il en sera toujours ainsi, mes belles. Alors, battez-vous, disputez-vous, criez-vous dessus ; faites-vous tout le mal du monde… Mais n'oubliez jamais que vous êtes des sœurs, et qu'il n'y a que deux choses sur lesquelles vous pourrez toujours compter : la grisaille du ciel et votre famille. Compris ?

Merry et Tristabelle avaient acquiescé d'une seule tête. Lady Carmine leur avait ensuite souri d'une façon mutine.

— En fait, il y a trois choses sur lesquelles vous pourrez toujours compter… Mais vous êtes encore trop jeunes pour la dernière ! Nous reprendrons cette conversation quand vous aurez dix-huit ans. Ou seize, peut-être…

Si leur mère n'avait jamais eu l'occasion de terminer la conversation comme elle l'escomptait, la leçon avait été tout de même retenue. Les relations entre Merry et Tristabelle n'étaient certes pas aussi douces qu'avec Dolorine, mais chaque fois que les enjeux avaient été importants, les Carmines s'étaient serré les coudes.

Toujours face au miroir, Merry toucha du pouce la cicatrice recourbée sur son menton. Pas question d'imposer ses mauvaises décisions à ses sœurs. Pas de nouveau. Elle souffla la chandelle et s'effondra sur son lit. Avant même de toucher l'oreiller, elle rêvait déjà.

Journal secret et mystérieux de Dolorine Carmine

Volume 47

(P.-S. : Interdit aux grandes sœurs ! Pas touche, Merry !!!)

Date : Longhain, le 23 novencre 1888

Cher journal,

Aujourd'hui, j'ai joué avec le garçon du puits. Nous avons attrapé des lucioles pour en faire des lampions. C'était marrant. L'après-midi, Monsieur Nyx m'a demandé de mettre le feu à toutes les robes de Tristabelle. D'après lui, ce sont des tenues de pécheresse. Moi, je pense qu'il se trompe, car je ne l'ai jamais vue aller à la pêche. J'ai refusé.

Date : Mortifère, le 24 novencre 1888

Mon cher journal,

Maman me manque. J'ai passé la journée à écouter chanter la dame qui vit dans les murs. Mais Maman chantait mieux. La dame a une voix trop triste, je trouve... Monsieur Nyx m'a demandé d'empoisonner Merryvère au prochain repas, parce qu'elle s'est assise sur lui ce matin. Mais moi je sais que Merry n'a pas fait exprès ! J'ai refusé.

Date : Cendreux, le 25 novencre 1888

Très cher journal,

Le frère du garçon dans le puits est venu lui déposer des fleurs, comme tous les cendreux. Il a une belle moustache de vieil homme et l'air gentil. Mais le garçon m'a raconté que c'était sa faute s'il était mort. À cause d'un héritage, il y a des années. Tristabelle se plaint tout le temps que nous n'avons plus d'héritage. Mais moi je suis contente : si on n'a pas d'héritage à la maison, aucun risque que mes grandes sœurs veuillent me noyer dans le puits !

Ensuite, j'ai demandé à Merry de s'excuser auprès de Monsieur Nyx de s'être assise sur lui. Elle l'a fait mais Monsieur Nyx boude quand même. D'après lui, elle aurait dû se couper le petit doigt et le lui offrir en cadeau pour montrer qu'elle était sincère. Il dit que les traditions se perdent et que les jeunes manquent de respect. J'en parlerai à Merry. Mais je suis presque sûre qu'elle a besoin de tous ses doigts.

Date : Brumhain, le 26 novencre 1888

Salut, mon journal !

J'ai très faim parce que je n'ai pas mangé ma bouillie de pommes de terre. Ça s'appelle de la purée, en général. Mais pas quand c'est Tristabelle qui la fait (d'après Merry). J'en ai marre des pommes de terre...

Monsieur Nyx voulait que je coupe les cheveux de Tristabelle pendant la nuit. Il dit que sa chevelure fait trop traîner (j'ai pas bien compris, c'est parce que ses cheveux sont trop longs à peigner ?) et aussi qu'elle a le corps plein de vis. J'ai refusé car Tristabelle n'a pas de vis dans le corps, ni de clous, ni de boulons. J'ai l'impression que Monsieur Nyx la confond avec les automates rigolos de la fête foraine.

Date : Venteux, le 27 novencre 1888

Méchant journal (non, c'est une blague !),

J'ai aidé l'épouvantail du champ de Mme Brûlot à retrouver sa tête. Elle avait été volée par des corbeaux et il n'arrêtait pas de se cogner contre les murs. Dans l'après-midi, Thomas est passé à la maison. C'est l'ami de Merry et il est forgeron. Il voulait lui donner quelque chose, mais elle était déjà partie. Je lui ai proposé de monter dans sa chambre pour l'attendre dans son lit (il avait l'air très fatigué), mais Thomas est devenu tout rouge et il est parti en bafouillant.

C'est bizarre, non ?

Selon Monsieur Nyx, c'est parce que Thomas est un idiot et que les idiots ne peuvent être heureux qu'au paradis. Monsieur Nyx pense que ça serait gentil d'envoyer Thomas au paradis le plus vite possible. Son plan n'avait pas l'air très gentil, quand même.

En plus nous n'avons pas de poudre à canon à la maison (j'ai cherché partout). Alors j'ai refusé.

Est-ce que Maman est au paradis ? Maman, c'est pas une idiote, donc je ne pense pas. Mais elle est où, alors ?

Date : Samhain, le 28 novencre 1888

Super journal,

Tristabelle et Merry sont allées à un bal, ce soir. J'aimerais bien aller à un bal, moi aussi, mais c'est un-truc-de-grandes. Alors j'ai organisé un salon de thé à la maison. Les invités, c'étaient : Monsieur Nyx, la Dame des Murs, la Pendue du Grenier et un crapaud que j'ai trouvé dans le jardin.

Comme il n'y a plus de thé à la cuisine, c'était juste de l'eau chaude dans les tasses.

Mais comme j'ai pas non plus le droit de faire du feu quand je suis toute seule, alors c'était juste de l'eau en fait.

On s'est bien amusés quand même ! (Tristabelle dit que le plus important, c'est de maintenir les apparences.)

Les grandes sont toujours pas revenues après le thé. Monsieur Nyx a dit qu'on devrait mettre des scorpions dans leurs oreillers pour leur apprendre. Mais c'est déjà l'heure de dormir et les scorpions sont durs à trouver dans le noir. Je préfère aller me coucher.

Date : Démence, le 29 novencre 1888

Coucou, journal ! C'est Dolorine ! (Mais tu t'en doutais...)

Quelle journée ! Ce matin, je me suis réveillée très tard. Il n'y avait toujours personne (de vivant) à la maison. J'avais tellement faim que j'ai fouillé toute la cuisine. Je n'ai trouvé que des œufs, de la confiture de framboises et des patates. J'en ai vraiment marre des patates. J'ai voulu manger la confiture. Mais c'est Tristabelle qui avait fermé le couvercle alors impossible de l'ouvrir ! J'aimerais bien être forte comme Tristabelle quand je serai grande... Et adroite comme Merry, et belle comme Maman.

Monsieur Nyx m'a expliqué comment ouvrir le pot de confiture avec un marteau et un couteau. Il a dit que c'était exactement tout pareil que pour ouvrir une boîte crânienne. Comme je n'ai jamais ouvert de boîte crânienne (c'est une boîte pour mettre des crânes, je pense ?), je l'ai laissé faire. La confiture était si bonne que je n'ai pas fait attention et que je m'en suis mis partout partout. Ensuite, je me suis fait disputer quand Merry et Tristabelle sont rentrées.

Plus tard, Monsieur Nyx m'a dit qu'elles auraient dû être contentes que ça ne soit pas une boîte crânienne car la cervelle c'est beaucoup plus dur à nettoyer que la confiture. Mais avant ça, Tristabelle m'a coiffée, et j'avais les cheveux tout lisses et tout doux ! Je préfère quand c'est Trista qui me brosse les cheveux car elle est très soigneuse. Merry commence toujours bien, mais elle s'ennuie au bout d'un moment et finit par brosser dans tous les sens. Tristabelle dit qu'elle est trop rêveuse. Moi je trouve ça bien d'être trop rêveuse, c'est juste que ça empêche d'être bien coiffée.

Tu ne sais pas le meilleur ? Merry m'a fait un cadeau ! C'est la plus belle cuillère du monde. Elle est en argent. Trista dit que l'or est plus beau que l'argent car ça vaut plus cher et que ce qui est plus cher est forcément mieux. Mais moi, je préfère la couleur de l'argent. L'Homme Bleu préfère l'argent lui aussi.

C'était sa cuillère, il y a longtemps. Il a l'air surpris que je le voie et il ne me parle pas beaucoup. Tous les fantômes sont timides avec moi au début. Pas grave! Je lui ferai la conversation quand même. Je l'appelle l'Homme Bleu car sa peau est toute bleue. C'est logique, non ? J'aurais pu l'appeler l'Homme au Beau Costume ou l'Homme avec une Chouette Perruque et des Bottes qui Brillent, mais je pense que c'est mieux d'appeler les gens par ce qu'ils sont et pas par ce qu'ils portent (mais ne répète pas ça à Tristabelle !).

En tout cas, j'ai l'impression d'avoir déjà vu son visage quelque part.

V

LA GRISAILLE SE CHANGEAIT EN TÉNÈBRES BLANCHES. Décidée à atteindre la Basse-Ville au plus vite, Merry cabriolait parmi les sommets et glissait sur les tuiles. Les passants qu'elle toisait de haut se fondaient en une masse d'une laideur indistincte, leurs visages estompés par l'inhabituelle clarté. Mais pas celui du questeur. Ses traits restaient et resteraient toujours gravés dans son inconscient.

Dépêche, Merry ! Plus que dix jours ! Il va bientôt passer !

Au premier de chaque mois, le questeur cognait contre la porte des Carmines à une heure indécente jusqu'à ce qu'on finisse par lui ouvrir. Les sœurs avaient tenté de l'ignorer une fois – rien qu'une fois, pour voir – mais en vain : son gant en chevreau avait frappé à la porte pendant près de douze heures d'affilée, jusqu'à ce que le bois craque et elles avec.

Il entrait ensuite dans le hall en vainqueur, drapé de sa redingote puant la lavande rance, et indiquait à ses hommes les meubles à saisir en réajustant ses binocles. Elles lui faisaient des yeux aussi étroits que sa générosité.

Même les rapiécés qui l'accompagnaient avaient l'air plus sympathiques que lui.

Les déménageurs n'avaient pas été de tout temps des cadavres. Leurs prédécesseurs en avaient eu cependant assez, à la longue, des insultes, des lancers d'ordures et des coups de balai de Tristabelle. Chaque fois qu'ils venaient recouvrir l'impôt royal, l'hospitalité se dégradait bien vite. Alors, ils avaient demandé à être remplacés. Le questeur, quant à lui, restait fidèle au poste : insensible, imperturbable – un vrai mannequin.

Mais, comme disait Tristabelle, *pouvait-on réellement exercer la profession d'huissier et demeurer un être humain ?*

En ce mois de novencre, c'était la garde-robe de Maman qui avait fait l'objet des rapines de l'impôt. Juste le meuble ; les vêtements qu'elle contenait l'avaient échappé belle pour cette fois. Mais un jour, robes et effets finiraient également dans le chariot.

Et au rythme où je ramène de l'argent, ce jour se fait de plus en plus proche… avait pensé sombrement Merry en regardant s'éloigner le questeur. *Tout ceci ressemble à s'y méprendre à un vol par la grande porte.*

Un attelage traversa l'avenue que la monte-en-l'air surplombait. Les chevaux tiraient, dans un chahut d'enfer, une voiture métallique ceinte de lourdes chaînes : un fourgon à prisonniers. Sa vision raviva chez Merry d'autres pénibles souvenirs.

La première année après la disparition de leur mère, les trois filles avaient vécu confortablement sur la dot mise de côté à l'intention du mariage de Tristabelle. L'aînée destinait cette somme à un futur époux avec autant de ferveur qu'un condamné au gibet tressant de ses propres mains la corde destinée à le pendre. C'est-à-dire bien peu.

La deuxième année, l'inquiétude de Merryvère atteignait son comble face à l'indolence de sa grande sœur. Les propositions de mariage qui auraient pu sauver la maisonnée se heurtaient aux refus constants de Tristabelle et les dépenses s'accumulaient sans la moindre rentrée d'argent. Merry s'était donc décidée à mettre en pratique les enseignements de Katryan, une monte-en-l'air talentueuse qui était aussi sa meilleure amie.

Kat a dit que j'avais un don ! Un don pour la chaparde et les larcins ! Et puis, c'est si amusant de courir sur les toits… Quand on a un don, rien ne peut vous arriver, n'est-ce pas ? se rappela-t-elle, un sourire triste au bout des lèvres.

Le seul don révélé par Merry fut sa capacité à perdre de l'argent là où elle était censée en gagner. Dès son premier contrat, une intrusion plutôt anodine dans la demeure d'un négociant d'art, une patrouille de gardes l'avait surprise. Surprise, et écrouée.

Par chance, Katryan l'accompagnait pour son galop d'essai. La jeune femme avait réussi à s'enfuir pour prévenir le reste des Carmines. Avant même que Merry ne passe une seule nuit dans une cellule, Tristabelle avait déjà convaincu la victime de retirer sa plainte. Malheureusement, il lui avait fallu plus que la promesse (jamais tenue) de rendez-vous galants pour sortir sa petite sœur de ce faux pas. Toutes leurs économies y étaient passées ; la totalité de la dot dilapidée en une seule mésaventure.

Ce point excepté, Merry s'en était pourtant tirée comme une criminelle chevronnée : elle n'avait pas flanché pendant son interrogatoire, pas donné de noms, pas laissé sa peur prendre le dessus, pas fondu en pleurs… Elle était restée muette, drapée dans l'honneur des voleurs.

Même lorsque son geôlier lui avait balafré le menton avec son propre poignard.

Même lorsqu'il lui avait répété, encore et encore, les condamnations auxquelles son effraction l'exposait : une trentaine d'années dans les mines de sel, voire un bras en moins. Ou peut-être les deux, selon l'humeur du juge. Les deux bras, pas les deux sentences – il est difficile de manier une pioche avec une seule main.

Sur le chemin du retour, son silence avait perduré.

Tristabelle ne l'avait pourtant pas accablée de reproches, trop heureuse de se retrouver sans dot et donc dégagée de ses responsabilités matrimoniales. Elle n'avait pas non plus fait promettre à Merry d'arrêter sa courte carrière de monte-en-l'air. Juste de se montrer plus efficace.

De la part de Tristabelle, encourager les activités répréhensibles de ses sœurs revenait à une véritable déclaration d'amour.

C'étaient ces encouragements qui avaient fini par faire craquer Merry. Les larmes étaient venues sans qu'elle s'en rende compte – des larmes qui parlaient pour elle dans son mutisme – et avaient coulé sans interruption jusqu'à ce que Tristabelle la couche dans son lit, une marque d'affection plus rare qu'une éclipse.

Merry avait maintenant une dette envers elle, envers la famille entière. Alors elle s'était améliorée. Et sacrément.

Les mauvais coups, ça ne manque pas, à Grisaille ! avait-elle conclu à l'époque. *Cette ville pousse comme un gros champignon de cadavre, bouffie de crimes et de corruption !*

Les mauvais coups *lucratifs*, en revanche, se dénichaient avec beaucoup plus de difficulté.

Une fenêtre ouverte entre onze heures et minuit chez un joaillier distrait ? Une comtesse délaissant son hôtel particulier pour rejoindre un amant ? Une prime proposée par le fils d'un baron pour l'assassinat de son propre père, histoire de trancher une fois pour toutes les questions d'héritage ? Voilà le genre d'informations qui se monnayaient dans les cercles criminels.

Les contrats s'échangeaient contre un pourcentage du butin taillé à la mesure de celui ou celle qui les acceptait. Entre ruffians, la réputation était tout. Elle tenait lieu de carte de visite, de bulletin de paie, d'assurance, de caution morale et immorale… Confier vos précieux renseignements à un nullard qui risquait de se faire pincer ou de s'enfuir avec la totalité du magot vous rapportait, au mieux, les moqueries de vos pairs. Au pire, les mines de sel.

Merry jouissait néanmoins d'une réputation presque correcte par l'intermédiaire de Katryan – l'une des monte-en-l'air les plus respectées du milieu.

Mais aussi parce je connais Grisaille et ses bas-fonds mieux que n'importe quel pendard ! se flatta la jeune fille avec orgueil, tandis que ses bottes narguaient la gravité.

Elle se pencha d'une corniche pour mieux humer la brume. Ça sentait les embruns. Avec une touche sirupeuse de viande faisandée. Et une chaude texture de suie, cadeau des bûchers funéraires. Une puanteur inimitable – elle touchait au but !

La Basse-Ville concentrait dans ses ruelles toute l'insalubrité de Grisaille. Il y grouillait aussi des fléaux qui n'avaient pas grand-chose à voir avec l'hygiène : des cas fulgurants de couteau-dans-l'œil, des épidémies de garrottages, des éviscérations éclair, des migraines très contagieuses à soigner au gourdin…

Merry reprit sa course. Les adresses qu'elle fréquentait régulièrement défilèrent au gré des toits.

L'Aveuglette, tout d'abord ; une longue rue couverte où même la lumière du soleil n'osait plus pénétrer. On y trouvait toutes sortes de voyous, prêts à toutes sortes de choses pour sortir de l'ombre.

Venait ensuite le Marché-Noyé, un entrepôt inondé sur les docks qui menaçait chaque jour de sombrer définitivement dans le port. Les contrebandiers y pratiquaient leur marché noir sur des échoppes flottantes. Parfait pour se dégoter un receleur ou deux.

Puis l'allée des Haches, l'endroit idéal pour acheter des armes blanches en toute discrétion. Merry ne manquait jamais les promotions sur les poignards.

Enfin, la litanie sinistre des coupe-gorge, bars, bistrots, pubs, gargotes et autres nids louches pour criminels endurcis : *La Mort-aux-Rats* ; l'impasse Crève-cœur ; *Le Pavillon des Pendus Pourris* ; la rue Blême ; *Le Club des Exquis Cadavres* ; *La Pluie de Sang* ; *La Marquise des Morgues* ; *Le Charnier* ; *L'Arrache-Doigts* ; *Chez Marcel Gentil : Poupées artisanales et bonbons…*

C'était chez ce dernier que Dolorine avait acheté Monsieur Nyx. Assassin à la retraite, Marcel Gentil n'avait de sympathique que le nom : il mettait en relation des tueurs à gages et des commanditaires par l'intermédiaire de sa boutique. Chaque poupée qu'il confectionnait arborait une magnifique chevelure. Et pour cause ! Il s'agissait de cheveux pris sur les victimes des contrats réussis. Quant aux bonbons… mieux valait rester dans l'ignorance.

Mais pour les monte-en-l'air comme Merry, dont la spécialité était le cambriolage par les toits, les contrats les plus juteux se dénichaient à un seul endroit : *Le Labyrinthe*.

C'était là où finissaient par la conduire ses pas.

La jeune fille se coula jusqu'à la rue par les gouttières. Impossible d'entrer dans *Le Labyrinthe* depuis les hauteurs : toutes les fenêtres étaient condamnées par des planches solidement clouées. La patronne, une ancienne meneuse de gang reconvertie, connaissait trop les membres de sa clientèle pour les laisser s'infiltrer dans son repaire à leur guise – les fripouilles l'auraient dépouillée en moins de deux. Il y avait bien une trappe sur le toit, mais elle donnait sur la chambre de Katryan et restait verrouillée quand celle-ci faisait le service. L'entrée de l'immeuble était condamnée, elle aussi. Seuls les habitués savaient que l'accès se faisait par le bâtiment adjacent.

Merry poussa la lourde porte cochère à deux mains et se retrouva face au videur, Milo.

Le vieil aveugle était assis en tailleur sur un baril. Ses mains couleur d'ébène exécutaient des passes d'une dangereuse virtuosité avec sa canne à pommeau d'argent. Milo était capable de reconnaître n'importe quel client du *Labyrinthe* en moins de trois secondes, que ce soit au bruit ou à l'odeur. Le toucher, il le réservait aux fauteurs de troubles.

— *Miss Merry !* la salua-t-il avant même qu'elle ne fasse un pas vers lui. Il faut manger plus. On entend à peine vos pieds quand vous marchez.

Ses yeux morts, d'ordinaire couverts d'une taie blanchâtre par la cataracte, brillaient d'un éclat nébuleux.

— Bonsoir, monsieur Milo, répondit Merry en retroussant son capuchon. Vous avez raison, comme toujours !

— Presque toujours. J'ai failli vous confondre avec un chat.

— Katryan va être jalouse, fit Merry avec un sourire dans la voix, c'est elle qu'on surnomme « Le Chat ».

Puis elle claqua la porte derrière elle. Un peu trop brusquement à son goût, certes, mais la perspicacité de Milo la rendait nerveuse, davantage encore que celle de Dolorine.

Une fois à l'intérieur, l'odeur du *Labyrinthe* – bois de chauffe fraîchement coupé, poussière de tapis et alcool à brûler – lui agressa les narines.

Si les rêves brisés dégageaient une odeur, elle serait proche de celle-ci…

Merry se faisait chaque fois cette réflexion, mais l'habitude avait fini par changer le remugle en parfum qu'elle appréciait. Il suffisait d'une seule visite pour comprendre le nom de l'établissement : on venait s'y perdre, que ce soit dans les ombres miteuses ou dans les vapeurs d'alcool.

Trois portes permettaient de sortir de l'appentis étriqué qui faisait office de vestibule. Merry prit la plus à gauche et déboucha sur une cage d'escalier dont les marches de cuivre rendirent un son de cloche sous ses talons. À l'étage, une pièce aux murs peints de vert, guère plus grande que le hall d'entrée. Une table trônait en son centre, des chaises renversées à côté et une bouteille vide dans une mare de rhum. Cette fois-ci, quatre sorties possibles. Merry choisit de nouveau celle de gauche. Nouvelle pièce, nouvelle porte, puis encore une pièce, encore une porte…

Les salles se succédaient, toutes très différentes et toutes de plus en plus pleines. Elles n'appartenaient pas à la construction d'origine ; on les avait créées en divisant de plus grandes chambres par des murs de bois. Chaque salle avait son style, son ambiance et ses habitués : tablées luxueuses ou tabourets crasseux, salon de cartes ou salon de thé, galeries de trophées de chasse ou pyramides de bouteilles…

Les serveuses n'étaient que cinq en tout, mais elles connaissaient si bien les lieux qu'elles frôlaient l'ubiquité. Elles savaient également se faire discrètes, au besoin. La clientèle n'appréciait pas les oreilles qui traînent, quitte à devoir les raccourcir.

Il fut un temps, Merry avait travaillé elle aussi au *Labyrinthe*. Sa carrière de serveuse avait toutefois été encore plus déplorable que celle de monte-en-l'air. Trop timorée auprès de ses collègues, sa timidité ne l'aidait pas davantage dans la conversation avec les clients. Là où une Katryan ou une Nelly-la-Rose maîtrisaient l'art de dompter une audience d'une œillade, d'un bon mot ou d'un trait d'esprit, Merry et sa mélancolie contagieuse ne parvenaient qu'à refroidir les ardeurs festives. Même les pires soiffards se mettaient à commander du café et du jus de céleri en sa présence, plutôt que du vin ou du whisky hors de prix. Ce « don » ne favorisait ni le commerce ni la qualité des pourboires.

En plus, Merry ne cassait jamais aucune vaisselle, ce qui n'était pas – bizarrement – du goût de la patronne. Elle savait ses clients amateurs de rires faciles aux dépens des serveuses. « Merry-la-Morose », voilà le surnom qu'elle avait récolté auprès des habitués, en contrepoint de leur favorite, la bien plus enjouée Nelly.

À force de jongler avec les plateaux remplis de verres sales tout en esquivant les paluches des ivrognes qui essayaient de lui pincer les fesses, la dextérité de Merry avait néanmoins fini par attirer l'attention de Katryan. Cette dernière avait perçu en elle tout le potentiel d'une bonne partenaire de crime. Un mal pour.... un mal plus utile.

— Meeeerry ! la salua Nelly-la-Rose avec son enthousiasme perpétuel, en la croisant au détour des cuisines. Toujours coiffée comme un épouvantail, à c'que j'vois ! Tu viens chasser nos corbeaux ?

— Je cherche Kat, répondit Merry sur un ton pincé.

Elle n'appréciait pas Nelly plus que ça ; d'une part parce que *le monde entier* appréciait Nelly, d'autre part parce qu'elle ne vous laissait jamais en placer une. Inconsciemment, aussi, parce l'opulente jeune fille ressemblait beaucoup à Tristabelle... En plus canaille.

— Rooh ! J't'ai vexée ? ajouta Nelly avec un clin d'œil.

— Non, non mais...

— Tiens, j'vais m'faire pardonner : y a un Bal des Hauts, samhain soir, sur la terrasse du vicomte Alvaro Terne. T'aimes les bals ? Bien sûr, qu'tu les aimes ! Y aura sans doute plein d'galants d'la Haute, des rupins tout mignons ! Des Forge-Rage, des Marbres, des Tourmentes... (Elle soupira langoureusement.) Des Gemini. Même des Sépulcres, si c'est ton truc. Pas d'Vermeils, bien sûr ! (Elle cracha son mépris sur le plancher.) Sauf s'ils veulent qu'on les balance…

— Merci, mais je…

— Kat fait l'inventaire, l'informa Nelly en regardant par-dessus son épaule. Houlà ! C'est qui faut qu'je file, moi ! Trois absinthes pour la 36 ! Chaud, chaud, chaud !

Et elle la planta là.

L'après-midi touchait à sa fin quand Merry entra dans les réserves. La lumière se gâtait dans la moiteur confinée, les tablées se remplissaient de silhouettes taillées dans le contre-jour. Elle trouva Kat dans le salon des bocaux. La jeune femme s'acharnait à en lustrer un du bout graisseux de son tablier. Il s'agissait d'un bocal de cornichons, ce qui soulagea Merry : des milliers de récipients encombraient la pièce, chacun contenant des choses plus ou moins écœurantes pour satisfaire les goûts des clients. Certains des aliments étaient conservés dans du vinaigre ; d'autres, dans du formol. De quoi décourager n'importe qui de goûter à la cuisine servie au *Labyrinthe*.

Une lueur verdâtre, sortie des liquides de conservation, baignait Katryan et donnait à sa peau brune un teint de cadavre. Elle sourit en découvrant Merry. Mais la phosphorescence des bocaux rendait son sourire carrément inhumain. Son visage se creusait d'ombres maladives et ses canines s'étiraient entre ses lèvres – longues, trop longues. Merry réprima un frisson, avant de sourire à son tour.

— J'ai un contrat pour toi, déclara Kat sans cérémonie.

— Juteux, ce contrat ?

— Très. Peut-être. Possiblement.

— Kat… Qu'est-ce que tu me caches encore ?

— Des détails, c'est tout. C'est Larry Morlingue qui propose le coup. J'en sais à peine plus.

Merry grimaça. Elle n'aimait pas avoir affaire à la bande de « Gros » Larry – des malfrats si bas de plafond qu'on risquait des bosses rien qu'en se cognant à leur stupidité. Et elle aimait encore moins Larry lui-même.

— Je t'écoute, répondit-elle à contrecœur.

Kat reposa le bocal de cornichons et prit Merry par la main pour l'entraîner dehors.

— Tout d'abord, le plus important ! Il s'agit d'un cambriolage de haut vol, dans tous les sens du terme : les appartements privés du patriarche, au sommet de la basilique Sépulcrale.

— Bigre ! Chouette partie d'escalade en perspective… Je comprends mieux pourquoi tu peux pas y aller.

— Oui… opina Katryan à regret, tout en retroussant sa manche sur le bandage qui couvrait son poignet.

La jeune femme se l'était brisé un mois plus tôt, en balançant son poing à la figure d'un colosse qui refusait de lui régler son addition. Si le mauvais payeur s'était effondré sur le coup, Kat avait récolté un plâtre des plus handicapants pour ses activités nocturnes. Pas le meilleur des calculs.

— Il y a une grande réunion de Maison pour les Sépulcres, ce soir, poursuivit Kat. Un jubilé quelconque, une sorte d'anniversaire ou je ne sais quoi… C'est l'opportunité d'une vie !

VI

Les Allées-Creuses, le quartier mère de la Maison Sépulcre, l'écrasaient sous un horizon de granit. Des cathédrales, des manoirs-ossuaires et des cénotaphes monolithiques s'étiraient dans le ciel comme le couvercle d'un immense cercueil. La basilique Sépulcrale se dressait au milieu du quartier – une tour gigantesque, impossible à perdre de vue.

Les Sépulcres avaient les moyens de sécuriser leurs toits à coups de gardes et de chausse-trapes, aussi Merry avait-elle dû se résoudre à passer par les rues. Elle ne le faisait pas de gaieté de cœur : la ville lui paraissait toujours plus menaçante depuis le sol.

La jeune fille se faufilait entre les *lampasphères*, un éclairage au gaz qui baignait les ruelles d'une teinte verdâtre – la même lueur que les bocaux du *Labyrinthe*. Tout Grisaille en était équipé, ordre de la Reine, qui imposait cette morbide luminosité à sa population. Suspendus à des poteaux de fer forgé, les globes des lampasphères infestaient chaque rue, grignotaient chaque recoin d'ombre à la façon des mouches sur une plaie ouverte.

La soirée avançait avec lenteur, tenue en respect par l'inquiétante lumière et ses vagissements affamés. Merry croyait parfois apercevoir dans les globes de verre, entre deux volutes, des visages torturés qui ne demandaient qu'à trouver le repos éternel, loin, très loin de Grisaille.

Bientôt, la monte-en-l'air ne croisa plus que des rapiécés dans les rues désertes. Ils s'affairaient au nettoyage des pavés ou à l'entretien des becs de gaz. Leurs yeux vides la suivaient, la bouche cousue dans une expression barbare de neutralité. Elle releva sa capuche. Juste au cas où.

Au fur et à mesure qu'elle se rapprochait, Merry sentait l'atmosphère changer. Le temps tournait à l'aigre ; le ciel se gonflait d'électricité. Et sa vision se rétrécissait comme son cœur dans sa poitrine.

Elle pressa l'allure, nerveuse. Elle avait toujours eu un don pour attirer l'orage.

Remarquant quelques gouttes de pluie sur le pavé, Merry s'imagina déjà les pieds patinant sur la pierre. L'ascension sous une pluie battante serait catastrophique.

Elle se hâta encore davantage, presque jusqu'à courir.

La basilique jaillit enfin dans toute sa démesure : un doigt osseux cherchant à égratigner les cieux.

Merry traversa le parvis d'un pas décidé. Les domestiques en livrée, qui accueillaient les invités et regroupaient les fiacres sous les arcades d'un grand portail, ne lui prêtèrent aucune attention. Elle fit le tour de la place, dénicha une poterne éloignée de tout spectateur malvenu et s'y posta pour effectuer les derniers repérages.

Quatorze fenêtres de haut jusqu'à celle qui m'intéresse, compta-t-elle. *Presque le sommet de la tour…*

Tous les volets étaient fermés ou barrés, à l'exception de cette dernière fenêtre où flottait la lumière d'une lanterne. Elle fouilla les environs du regard, à la recherche d'une échappatoire au cas où l'effraction tournerait mal. Une bâtisse plus élevée que les autres lui parut adéquate. Le toit était assez proche pour que son grappin l'atteigne – quoique de justesse – depuis là-haut.

Merry sentait l'excitation la gagner, aiguillonnée par l'évaluation des premiers jalons, des premières prises et du pied posé sur la première pierre, prêt à la propulser au sommet.

Elle remonta le col de sa tunique par-dessus son nez, pratiquement sous ses yeux, et ne laissa plus apparaître qu'un croissant de peau claire dans la noirceur de sa tenue. Elle s'assura aussi que ses cheveux blonds se trouvaient parfaitement dissimulés par sa capuche.

Merry claqua ensuite des talons sur le sol. Le geste déclencha les ressorts qui retenaient les lames au bout de ses bottines. Puis elle échangea ses gants contre des mitaines de cuir pourvues de crochets aux paumes, comme des griffes de chat en acier.

Enfin, elle plongea ses doigts dans une petite bourse à sa ceinture, pleine de poudre de magnésie.

Les crochets et les lames l'empêcheraient de glisser sur la pierre, mais ce seraient ses doigts qui lui permettraient de grimper. Les prises ne seraient probablement pas plus larges qu'un ongle. Et lorsqu'elle tenterait de se hisser à la force des deux premières phalanges, mieux vaudrait qu'elle n'ait pas les mains moites. La poudre éviterait cela.

Un dernier coup d'œil aux alentours et elle se lança à l'assaut de la basilique.

La façade s'avéra encore plus lisse que Merry ne l'imaginait. Les prises sur la pierre – si l'on pouvait appeler ça des prises – n'étaient que des rigoles creusées par l'écoulement de la pluie. À peine plus qu'un tracé en relief sous ses doigts. Son équilibre ne tenait à presque rien. Du vent, juste une caresse à vrai dire, et Merry décollerait de la paroi comme une plume avant de regretter de ne pas en être une lors de l'atterrissage.

Heureusement, l'orage n'éclata pas tout de suite. Il grondait et enflait dans le lointain, illuminant parfois la cathédrale d'un éclair qui contraignait Merry à s'aplatir contre la paroi. La discrétion avant tout.

L'air du soir se rafraîchit après une cinquantaine de mètres. Il envahissait chaque inspiration à travers son cache-nez et aiguisait ses sens, mais lui rappelait aussi qu'elle devait accélérer la cadence avant d'épuiser toutes ses forces.

La monte-en-l'air trouva un répit bienvenu en atteignant une rangée de gargouilles, juste assez large pour s'y arrêter. Tandis qu'elle reprenait son souffle, elle embrassa du regard tout le quartier. Les lampasphères flottaient au cœur des allées endormies, lugubres feux follets sur un marécage de brume.

En dépit de l'épaisseur de la pierre, les flonflons de la fête lui parvenaient de l'intérieur. Un air lointain de… violon ? La cérémonie, quelle qu'elle fût, battait son plein.

Ils ont l'air de bien s'amuser, là-dedans... Et surtout, de bien boire.

Un coup de tonnerre l'arracha soudain à sa rêverie. L'orage était tout proche, maintenant. Elle se remit à monter.

Merry réussit à atteindre la fenêtre juste avant l'averse. Un coup d'œil pour s'assurer que la pièce était déserte, et elle enjamba le rebord.

La chambre était fastueuse, à condition de supporter le stuc et les décorations de mauvais goût : le lit avait trop de voilages, les rideaux trop de dentelles, et toutes ces dorures en forme de crânes au coin des meubles... *Beurk !* Le patriarche appréciait également la lecture ; chaque mur était recouvert de bibliothèques bien pleines. Certains de ces ouvrages étaient sans doute de grande valeur, mais voler des livres au hasard n'avait rien de pratique. En particulier sous la pluie. Une imposante penderie en cèdre se découpait aussi dans la pénombre, juste à côté de la fenêtre par laquelle elle était entrée.

Merry ouvrit le meuble et retint un hoquet d'horreur face à la colonie répugnante qui l'habitait : des robes de chambre en soie ! Des robes de chambre en soie *transparente* ! Décidément, elle ne partageait pas du tout les mêmes goûts qu'Oswald Sépulcre.

Elle avisa la porte qui donnait sur l'autre pièce. Peut-être un bureau aux tiroirs bien remplis, une galerie de tableaux, un salon débordant d'argenterie... Son imagination n'avait jamais su résister à une porte close. Pas plus que ses doigts.

Elle se rapprocha à pas de loup et entendit du bruit de l'autre côté : des mots, une conversation animée.

En dépit de tous ses instincts, Merry plaqua son oreille contre la porte.

— Où est-elle, Oswald ? Cessez de me faire perdre mon temps ! disait une première voix, masculine et passablement énervée.

— Je vais la chercher ! protestait une seconde voix. Inutile de perdre ton calme, mon garçon… et cesse d'agiter cette lame sous mon nez ! Tu me rends nerveux !

Cette voix-ci – un homme également – sonnait bien plus âgée et bien plus apeurée. Le patriarche Oswald Sépulcre en personne.

Un poing frappa contre une table.

Les pieds d'une chaise crissèrent sur le parquet.

Des pas résonnèrent en direction de la porte.

Quelqu'un allait entrer !

Il fallait se décider dans la seconde : fuir par la fenêtre ou trouver une planque. Merry opta pour le choix le plus risqué et se précipita vers la penderie.

Avec un peu de chance, ce qu'il cherche se trouve au milieu des bibliothèques. Ou sur une étagère… se dit-elle en refermant délicatement le meuble de l'intérieur.

Le souffle court, elle entendit Oswald fouiller parmi ses livres.

— La voilà ! finit-il par s'écrier.

Mais la chance n'était pas avec Merry ce soir et il poursuivit :

— Plus que la clé, et je te l'ouvre tout de suite.

Merry vit son ombre obscurcir la fente au pied de la penderie. Elle essaya de se faire toute petite.

Alors qu'elle reculait à tâtons derrière les robes de chambre, elle sentit un objet qui la gênait : une longue canne en acier terminée par une pointe plus aiguisée qu'une épée. Certainement pas une clé.

Un chuchotement monta de l'extérieur :

— Oui, oui, je vais te l'ouvrir, mon garçon… te l'ouvrir d'une oreille à l'autre, ta sale gorge de traître…

Merry plongea une main angoissée dans sa bourse de magnésie.

Et lorsque les battants de la penderie s'ouvrirent, Oswald Sépulcre reçut une poignée de poudre en pleine figure.

Privé de toute vision, le patriarche poussa un hurlement, et Merry poussa le patriarche.

Oh, pas très fort. Juste une légère tape.

Tout ce qu'elle voulait, c'était profiter de sa confusion pour se frayer un chemin vers la fenêtre, puis plonger vers la liberté. Mais la réaction du vieillard la prit de court.

Pour se frotter les yeux, Oswald laissa tomber l'objet qu'il portait, trébucha dessus, perdit l'équilibre, pirouetta dans la pièce avec toute la grâce d'une ballerine ivre morte et bascula à l'aveugle par la fenêtre.

Merry le regarda disparaître dans un froissement de tulle, paralysée par les hurlements qui se faisaient de moins en moins forts avec la chute. Dans sa stupeur, elle ne remarqua même pas le second individu jusqu'à ce qu'il ne lui adresse la parole :

— *Waouh*. Tu l'as refroidi en un clin d'œil. Quel style !

— Je… J'ai pas… fait exprès… bégaya Merry, le regard toujours fixé sur la fenêtre.

— Pas grave, poursuivit l'inconnu en haussant les épaules, ça m'a évité d'avoir à le tuer moi-même. Maintenant, tu restes bien tranquille, sinon je…

L'adrénaline percuta enfin le système nerveux de Merry. Elle se retourna avec la vivacité d'un chat acculé et découvrit un visage juvénile sous un loup de tissu écarlate. Le masque impeccable de l'inconnu contrastait avec ses cheveux blonds en bataille, coupés encore plus courts que les siens. De la main gauche, il tenait une épée.

En guise de présentations, Merryvère lui balança une gifle garnie d'acier.

Il recula prestement malgré la surprise, mais pas assez vite. Les griffes lui caressèrent le nez et la joue. L'estafilade fut suffisamment cuisante pour que la monte-en-l'air puisse l'enchaîner d'un coup d'épaule. La bourrade l'envoya heurter la porte.

Débarrassée un instant de l'importun, Merry avisa ce qu'Oswald avait laissé tomber : un coffret à l'ouvrage superbe et pour lequel le patriarche avait été prêt à se battre. Si seulement il avait su que le vrai danger se trouvait dans sa penderie, tapi sous la forme d'une jeune fille à moitié asphyxiée par la peur et l'odeur des boulettes antimites…

Elle ramassa la boîte et se releva juste à temps. La lame de l'inconnu s'enfonça dans le bois du plancher, là où la main de Merry se trouvait une fraction de seconde plus tôt.

— Rends-moi ça ou je te troue le cuir ! rugit-il. À moins que tu ne préfères sortir d'ici comme le vieux…

— Bonne idée ! l'interrompit Merryvère.

Et elle plongea par la fenêtre.

La chute se déroula comme dans un rêve, même la première fois. Tout se passait au ralenti. Sans doute parce que son cerveau travaillait à plein régime pour la sortir de ce mauvais pas.

Merry se laissa tomber le long du mur pour réduire sa vitesse. Les griffes d'escalade raclèrent contre les moellons en laissant des traînées d'étincelles, sans parvenir à la retenir complètement. L'élan et la pluie rendaient toute prise impossible.

Elle fit de son mieux pour contrôler sa trajectoire, orientant le poids de son corps de droite et de gauche pour atteindre une des gargouilles.

En voyant qu'elle allait être trop courte d'un mètre, elle ferma les yeux et se lança dans une prière universelle, une supplique connue de tous ceux qui ont un rendez-vous imminent avec le sol :

Non-non-non-nononononoooooon…

Contre toute attente, elle atterrit à califourchon sur la gargouille qu'elle pensait rater. Le choc lui coupa le souffle. Elle faillit en lâcher son butin.

Une fois son équilibre assuré, Merry coinça le coffret dans sa tunique, à la place de son arbalète de poing. Elle desserra ensuite le câble métallique qui lui servait de ceinture et l'attacha au carreau de l'arbalète.

L'orage battait son plein. La pluie ruisselait de sa capuche à ses épaules pendant qu'elle préparait le grappin.

Elle jeta un coup d'œil vers la fenêtre du patriarche. L'inconnu lui renvoya son regard. Sous son masque lacéré, elle le devinait furieux. Merry se sentait elle-même d'humeur bravache – comme à chaque fois qu'elle échappait de peu à la mort – et lui adressa un salut du bout des doigts.

La moquerie n'eut pas l'effet escompté. Ou peut-être fonctionna-t-elle trop bien, au contraire, car il entreprit de sauter à son tour.

Merryvère le regarda glisser contre le mur jusqu'à une gargouille distante, s'orientant avec son épée comme elle l'avait fait avec ses crochets. Durant sa descente qui semblait durer indéfiniment, elle remarqua qu'il portait une cape doublée d'un velours rouge profond, presque sanglant. Elle reconnut par ce détail un membre de la Maison Vermeil, des nobles aux goûts vestimentaires douteux (selon Tristabelle) et, surtout, des vampires notoires. Pourtant, le visage de l'inconnu, ses traits, la couleur de sa peau… paraissaient trop *vivants* pour un Vermeil. Sans parler de l'absence de crocs.

Merry le regardait toujours distraitement se rapprocher, comme une souris captivée par un serpent, quand elle se rendit compte qu'il n'était plus qu'à quelques gargouilles d'elle. Avec grand effort, elle finit par se détourner pour se concentrer sur sa survie.

Son objectif? Le toit de la bâtisse qu'elle avait repéré un peu plus tôt. Elle attacha l'autre bout du câble à sa propre gargouille, visa à peine et fit jouer le cliquet de l'arbalète. Le carreau fila s'écraser parmi les tuiles. Un tir parfait.

Elle ajusta le câble jusqu'à ce qu'il soit tendu, y fixa un arceau de métal pour s'en servir de poulie et abandonna son arbalète à regret. Il ne lui restait plus qu'à agripper l'arceau des deux mains, quand deux autres mains la saisirent aux épaules.

Merry lâcha le métal pour se débattre de toutes ses forces. Un bref pugilat sur la gargouille dégoulinante de pluie les envoya basculer ensemble dans le vide.

Elle se retrouva soudain la tête en bas, le vent s'engouffrant dans ses oreilles et nez à nez avec le jeune homme qui l'enserrait entre ses bras. La position avait quelque chose de très intime. Dans des circonstances moins funestes, Merry aurait probablement rougi.

La chute dressait les cheveux de l'inconnu en pics tout autour de sa tête, formant une sorte de couronne dorée. Merry le trouva beau tout à coup, en dépit d'un rire dément qui lui déformait le visage et résonnait au plus profond d'elle.

La jeune fille essaya de se dégager de son étreinte, ne parvint qu'à relever la tête vers le sol, se rendit compte qu'il se rapprochait de plus en plus vite…

La dernière chose qu'elle vit avant de heurter les pavés fut le cadavre d'Oswald Sépulcre. Il gisait là, à moitié déchiqueté dans une mare de sang. Mais il riait et riait du même rire que le blondin, tout en agitant sous les yeux de la monte-en-l'air une petite cuillère en argent.

VII

MERRY SE RÉVEILLA EN SURSAUT.

Encore groggy du cauchemar, elle secoua la tête pour en chasser les relents et inspecta son oreiller à tâtons. Il était trempé de sueur, ou de larmes peut-être, comme si elle avait pleuré dans son sommeil.

En réalité, tout ne s'était pas déroulé ainsi : elle avait déjà quitté la tour bien avant que le jeune homme ne pose un pied sur la gargouille et l'avait gardé à l'œil en s'éloignant prudemment sur les toits. Elle partait avec trop d'avance pour qu'il la rattrape.

Il avait tout de même tenté sa chance, en utilisant le fourreau de son épée pour glisser le long du filin. Mais un attroupement de longs manteaux noirs et de tricornes étaient venus l'intercepter dès son atterrissage. Des Gardes-Caveaux, la milice privée des Sépulcres.

Il s'était alors battu comme un beau diable à dix contre un. Juste avant qu'il ne soit complètement débordé, d'autres silhouettes avaient surgi des ombres environnantes pour lui prêter main-forte. Les nouveaux arrivants portaient tous des masques similaires au sien et ces capes à doublure écarlate que Tristabelle abhorrait.

Merry ne tenait pas particulièrement à connaître l'issue du combat, aussi avait-elle décampé avant que le quartier ne grouille de Sépulcres, de Vermeils, de soldats royaux et d'autres joyeusetés…

Les jours suivants, elle avait visité Katryan pour lui expliquer la situation. Son amie s'était d'abord excusée pour toutes les mauvaises surprises du plan de Gros Larry, puis lui avait prodigué ses conseils pour ouvrir le coffret. La solution avait profondément déplu à Merry. Surtout quand elle s'était rendu compte qu'elle allait devoir demander assistance à sa grande sœur.

Ensuite, il y avait eu le bal, le cimetière, le cadavre, la clé-squelette, la petite cuillère… et le cauchemar pour couronner le tout. Ce n'était cependant pas sa première nuit atroce depuis le cambriolage : son esprit rabâchait le passé, chaque soir depuis une semaine, à la recherche d'explications. Et la découverte de la petite cuillère ne l'avait en rien désembrouillé.

La jeune fille délaissa ses draps pleins de rêves méphitiques et se leva, faisant craquer le plancher sous ses pieds nus. Le son en aurait fait sursauter une autre qu'elle, mais il lui était si familier qu'il calmait ses nerfs. Elle remarqua que la boue du cimetière avait complètement séché sur ses bottes et elle se demanda quelle heure il pouvait bien être.

Lorsqu'elle ouvrit sa fenêtre, la fraîcheur de la nuit s'insinua dans la pièce. Elle avait dormi toute la journée.

Pourtant, elle se sentait toujours épuisée, prête à se recoucher au premier bâillement.

Tandis que Merry contemplait la lune, une mélodie caustique montait de la chambre voisine : Tristabelle jouait de son violon.

Cadeau de naissance de son père inconnu à sa mère disparue, l'aînée des Carmines chérissait l'inestimable *Stradivicius* presque autant qu'elle s'aimait elle-même. Pour preuve, Merryvère avait un jour suggéré à sa sœur de vendre l'instrument afin d'éponger leurs dettes les plus pressantes, ce à quoi Tristabelle lui avait en retour suggéré de se rendre sur les docks et d'y participer à un type de transaction marchande pas du tout répétable en bonne compagnie. Merry n'avait guère insisté.

L'air que jouait Tristabelle ce soir-là lui était familier. Merry reconnut le passage d'un opéra écrit par Frénésio, l'un des poètes en vogue de la Maison Gemini.

Le concerto nocturne s'accéléra, les notes cascadant par la fenêtre comme un tourbillon de feuilles mortes, avant de s'arrêter brutalement. Un juron particulièrement odieux accompagna l'interruption. Il ne faisait probablement pas partie du texte original, mais avec les compositeurs Gemini, allez savoir…

Merry passa par sa fenêtre et escalada le chêne centenaire pour aller voir ce qui tracassait sa sœur. Les branches, larges et solides, formaient des passerelles bien pratiques entre toutes les chambres de la maison. Tristabelle n'y grimpait jamais, considérant cela comme indigne de sa condition ; Merryvère et Dolorine n'avaient pas ce genre d'égards et les empruntaient plus souvent que le couloir.

Derrière la lucarne de sa chambre, Tristabelle venait de poser son violon et faisait les cent pas en secouant sa main gauche comme si elle lui faisait mal.

— Tout va bien ? demanda Merry en frappant à la vitre entrouverte.

Les yeux de Tristabelle se rétrécirent jusqu'à devenir deux fentes. Le bleu de son regard tourna au noir d'encre, assombri par une fureur à peine contenue. Elle leva sa main crispée vers le plafond. Sur le coup, Merry crut qu'elle voulait la gifler. Elle recula, levant à son tour les poings en une garde maladroite et – chose très inhabituelle – faillit perdre l'équilibre. Mais Tristabelle se contenta de lui agiter ses doigts devant la figure.

— Au lieu de te trémousser comme une andouille sur ta branche, regarde plutôt ce que tu m'as fait !

Merry remarqua alors deux pansements sur l'index et le majeur de sa sœur. Des pansements tout à fait anodins, couvrant au pire des égratignures. Ils étaient décorés de petits crânes comiques dessinés à la plume – probablement l'œuvre de Dolorine – qui les rendaient très mignons. Tristabelle ne semblait toutefois pas du même avis.

— Eh oui ! continua-t-elle. Je me suis coupée sur une stupide stèle de ce stupide cimetière ! Lorsque j'ai dû m'évanouir dans les bras de ton stupide forgeron ! Tout ça pour que tu nous ramènes une stupide cuillère !

Ben voyons… Faites confiance à Tristabelle pour reprocher tous les problèmes du monde à n'importe qui, sauf à elle-même !

Néanmoins, Merry préféra ne pas l'énerver davantage. Pas tant qu'elle lui devait une faveur.

— Tu m'en vois vraiment navrée… s'excusa-t-elle avec une humilité toute feinte.

Tristabelle continua son réquisitoire comme si elle n'avait rien entendu :

— Bien sûr, ces blessures me handicapent con-si-dé-ra-ble-ment ! Tu as entendu comment j'ai massacré cette partition ? Je ne vais pas non plus pouvoir faire le ménage ou la cuisine pendant au moins des semaines ! Il va falloir que tu me remplaces.

— Si tu veux, Tristabelle, si tu veux…

Merry jubilait intérieurement. En temps normal, Tristabelle n'accomplissait de toute façon aucune tâche ménagère. Et pour ce qui était de la cuisine… Les égratignures se révélaient une bénédiction. Elle enchaîna :

— Par contre, je vais devoir retourner au *Labyrinthe* demain. Je pourrais peut-être tirer quelques lys du coffret, si je…

— Je m'en moque, la coupa Tristabelle. Fais ce que tu veux, du moment que tu reviens avant le crépuscule. Les Tourmentes organisent un gala de charité contre les miséreux et il serait im-pen-sable que nous manquions un tel événement. Et avant que tu ne protestes, je te rappelle que tu me dois un service.

Nous y voilà…

De toutes les humiliations que Merry aurait pu subir de la part de sa grande sœur, la perspective de l'accompagner à une autre soirée était cependant loin d'être la pire. Après tout, elle s'était bien amusée au Bal des Hauts. Mais hors de question d'en piper mot à Tristabelle !

— Bon, d'accord, s'il le faut… répondit Merry d'une voix affectée. Mais je peux choisir ma tenue toute seule, cette fois ? Ou tu comptes encore utiliser l'excuse de « Nous sommes si démunies… Regardez comment ma pauvre sœur est fagotée… » pour te faire offrir des verres à l'œil ?

Tristabelle la dévisagea un instant avec une franche perplexité, puis explosa de rire.

— Te présenter comme ma… sœur ? Tu n'es pas sérieuse ! Tu viendras en tant que ma domestique. Toutes les dames des Huit auront leurs servantes à leurs côtés et il serait hu-mi-liant d'y assister sans un peu de petit personnel. Je suis sûre qu'il nous reste un uniforme de soubrette quelque part…

Ce fut au tour de Merry d'être estomaquée. Sa bouche forma un « O » stupéfait, prête à déverser sur sa sœur des insanités pour lesquelles même les artistes Gemini les plus dépravés se seraient censurés. Tristabelle ne lui laissa pas cette opportunité.

— File donc au lit au lieu de bâiller. Tu as les yeux tellement cernés qu'ils pourraient capituler d'un moment à l'autre. Je n'ai pas envie de te voir avachie pendant tout le service, demain soir. Ou pire, en train de ronfler ! Ce serait hon-teux.

Et elle lui claqua la fenêtre au nez, avant de tirer les rideaux.

~~JOURNAL~~ PAGE SECRÈTE ET MYSTÉRIEUSE DE DOLORINE CARMINE

(Oh non ! Monsieur Nyx a tout déchiré et j'ai perdu ma colle !!!)

Date : Longhain, le 30 novencre 1888

Mon journal à moi,

Je t'écris ce matin au lieu de ce soir car l'Homme Bleu veut que je l'aide à faire plein de trucs et je ne sais pas si j'aurais beaucoup de temps à moi !

Comme je lui ai dit que j'avais l'impression de le connaître, il m'a montré une scène d'avant-avant-avant grâce à la petite cuillère. C'était des gens en chouettes costumes qui jouaient à la dinette dans un salon tout doré. Mais j'ai pas tout compris. Je sais juste que ça remontait à loin-loin-loin...

Tiens, je sais ! Je vais t'expliquer tout ça par de beaux dessins en bas de la page ! Même si j'ai plus que trois pastels (rose guimauve, vert pomme et orange choléra), ça devrait bien suffire non ?

Oh, et puis Monsieur Nyx est puni aujourd'hui...

Je l'ai surpris en train de jouer avec un couteau de Merry. Il a dû le lui chiper pendant qu'elle dormait.

« Voler, c'est mal... quand on se fait prendre ! »

C'est Tristabelle qui m'a dit ça.

Mais Merry avait l'air d'accord aussi, donc c'est forcément vrai !

Je lui rendrai son couteau ce soir quand elle rentrera. J'espère qu'elle en aura pas besoin d'ici là...

IX

Samhain, le 5 âpre-île 1870. Salon privé de la Reine.

— Joséphine, ma chère, votre thé a un goût différent aujourd'…

Le roi Basile se mit à tousser bruyamment, expulsant des miettes de biscuits hors de ses fines moustaches. Il avala une autre gorgée mais la quinte de toux continua de plus belle. Mortifié par tant d'inconvenance, il se saisit d'une serviette en dentelle pour couvrir sa bouche. Il allait mourir, certes, mais avec savoir-vivre.

— C'est parce que Joséphine n'a pas préparé le thé, aujourd'hui, commenta avec raideur la Reine, son épouse. Il s'agit d'une recette personnelle.

Lèvres pincées et œil froid, Aubépine Du Lys le regardait tousser de plus en plus fort. Elle bouillait de rage mais n'en laissait rien paraître, altière jusque dans la vengeance.

— Cette recette familiale, continua la Reine, est réservée aux époux infidèles et aux fieffés menteurs. Monsieur, sachez bien avant de mourir que vous êtes un goujat. Et votre petite souillon ne paie rien pour attendre.

La peau du Roi se colorait d'un bleu profond tandis que les sels d'argent l'asphyxiaient. Bientôt, ses spasmes s'arrêtèrent. Définitivement. Sa tête tomba sur le guéridon dans un affreux bruit de vaisselle. Le reste de son corps s'affaissa avec mollesse, bras tendus vers le sol, sa main droite toujours crispée sur la petite cuillère en argent avec laquelle il agitait son thé.

Aubépine Du Lys continua à remuer le sien avec une raideur mécanique, comme si de rien n'était. Joséphine Lhortie, qui n'était qu'une femme de chambre et non une Reine – avec un grand « R » et une grande haine – poussa un cri perçant, au mépris de toutes les convenances, avant de se précipiter vers son roi, son amant, son Basile… Il était néanmoins trop tard. Elle couvrit son corps avec le sien, espérant follement le réchauffer, ou le ranimer peut-être, par ses larmes et son chagrin.

La Reine se laissa le temps de finir son scone à la crème pour profiter du spectacle. Mais pas plus, car elle avait du mal à supporter la vue du sucrier renversé sur le tapis. Elle sonna la clochette qui servait à appeler les domestiques.

Ludmila Vermeil, sa dame de compagnie, pénétra la première dans la chambre, suivie d'Oswald Sépulcre, l'intendant royal. Elle se figea en découvrant le cadavre, aussi Oswald manqua-t-il de lui rentrer dedans. Ce dernier, au palais depuis trente années de (presque) loyaux services, accueillit le régicide avec l'impassibilité d'un croque-mort :

Fichtre. Encore un. Le cinqu… Non, le sixième depuis mon arrivée. Je comprends mieux pourquoi on appelle certains papillons des « monarques » : même espérance de vie ! Au moins l'a-t-elle assassiné proprement… Pas comme quand Carlo Gemini VII avait enfermé la reine Judith dans la salle de bains avec ses alligators de compagnie. Le nettoyage n'avait pas été une partie de plaisir.

La reine Aubépine se leva, déjà lassée des sanglots disjoints de la femme de chambre.

— Comme vous pouvez le constater, s'adressa-t-elle aux nouveaux venus, cette servante vient de commettre un acte abominable. Je n'ai échappé à sa tentative d'empoisonnement que par miracle. Le roi Basile n'a pas eu cette chance, je le crains…

Noyée dans son désespoir, Joséphine n'entendit que très vaguement les accusations. Elle essaya de protester, mais ses nerfs ne lui laissaient pas formuler quoi que ce soit de bien cohérent.

— Je… Non ! C'est elle qui… Elle…

— Oswald, faites-moi exécuter ça à l'aube, la coupa la Reine. Mais une exécution propre… une noyade, par exemple. Et réanimez-moi le corps, ensuite. Je lui apprendrai ce qu'il en coûte de trahir la Reine. Quant à vous, Ludmila, remettez-moi cette pièce en ordre.

— Entendu, Votre Altesse, répondit Oswald avec obséquiosité.

Même si le régicide constituait le crime suprême à Grisaille, un crime pour lequel la Reine en personne n'aurait pas échappé à la guillotine du Conseil des Huit, Oswald Sépulcre croyait fermement que le rôle d'un bon intendant royal nécessitait une bouche aussi cousue que celle d'un rapiécé.

Dénoncer son souverain était trop… comment dire… trop *inconvenant*. Il laissait cela aux gens dépourvus de bonnes manières. Tous ces révolutionnaires de la Basse-Ville et leurs idées grotesques sur l'égalité, par exemple…

En outre, ça ne rapportait rien, à part le risque de se faire renvoyer par le successeur au trône. Si Oswald avait eu quelque chose à y gagner, en revanche, quelque chose de sûr… là, il n'aurait pas hésité.

Voyant ses ordres entendus, la Reine quitta la pièce avec dignité.

Les domestiques s'attelèrent à la tâche. L'inconsolable Joséphine, qui gênait pour nettoyer le tapis, se laissa mener par la main de Ludmila comme une poupée de chair. Une fois éloignée du corps du Roi, l'horreur de sa situation la frappa de plein fouet.

— Elle l'a tué ! Je jure que c'est la vérité ! Aidez-moi, je vous en prie… Ce n'est pas juste ! Je ne veux pas mourir ainsi !

— Allons, allons, fit Oswald en essayant de la calmer. Je vous assure que vous ne sentirez rien. Ça ne fait pas du tout mal, une noyade. C'est comme s'endormir…

— Pas du tout, l'interrompit Ludmila. Vous confondez avec « mourir de froid ». La noyade, c'est plutôt douloureux. Presque aussi douloureux que le bûcher. Quoique beaucoup plus court, bien sûr. J'en sais quelque chose : on m'a déjà noyée trois fois…

Les pleurs de Joséphine redoublèrent face à ces réjouissantes paroles. Oswald tourna un œil courroucé vers Ludmila.

— Écoutez, vampire, on ne vous a pas demandé votre avis. Si vous croyez que c'est la première fois que…

— Chhh ! Et toi aussi ! ordonna Ludmila en bâillonnant la bouche de Joséphine de sa main libre.

La femme de chambre n'esquissa pas un geste, même quand Ludmila pressa l'oreille contre le gilet en dentelle de son uniforme. La Vermeil entendit quelque chose qui la fit sourire, révélant ses canines affûtées.

— Qu'est-ce que vous fabriquez, maintenant? rouspéta Oswald. Vous êtes bien la dame de compagnie la plus impertinente, la plus irrespirable que ses murs aient jamais accueillie ! Je me demande pourquoi la Reine vous supporte…

— Elle me supporte parce que je vois des opportunités qui échappent au reste de sa cour d'imbéciles. (Elle relâcha la bouche de Joséphine.) La petite servante que voilà est enceinte, Oswald.

— *En-enceinte ?* hoqueta l'intendant. Vous en êtes sûre ?

— Certaine.

Une idée germa dans l'esprit du Sépulcre. Il observa l'attitude de Joséphine en entendant la nouvelle. Puis il dévisagea Ludmila. La jeune femme devait avoir eu la même idée que lui. Rien de surprenant à cela : elle avait les dents longues et un cerveau aussi calculateur que le sien. Son attention retourna à Joséphine.

— Est-ce le rejeton du Roi? lui demanda-t-il, mielleux. Ne craignez pas la vérité, mon enfant.

Joséphine opina en silence, de grosses larmes roulant sur ses joues. Oswald et Ludmila se regardèrent avec connivence. Aucune autre réponse n'aurait pu leur faire plus plaisir.

— Ma chère, vous venez de sauver votre vie. (Oswald lui tapota gentiment la main, tout en chuchotant à l'oreille de Ludmila.) Un descendant royal dans notre manche…

Imaginez ce que nous pourrions accomplir au Conseil des Huit lorsque l'enfant atteindra l'âge de régner…

— Il suffira de s'assurer que notre reine bien-aimée ne soit pas en état de contester son accès au trône, le moment venu, renchérit Ludmila. Une belle preuve de régicide serait parfaite pour sceller la question.

Oswald se fendit d'un rire sec. L'affaire était entendue.

Certes, il aurait préféré ne pas avoir à s'acoquiner avec ces dégénérés de Vermeils : pour les Sépulcres, les seuls « bons » morts-vivants étaient ceux qu'ils pouvaient plier à leurs quatre volontés par la nécromancie. Mais quand le vin est tiré, il faut le boire.

Ou le thé empoisonné, en l'occurrence.

Il se tourna vers le corps de Basile Tourmente de Ciel-Grêle (V^e^ du nom), monarque de Grisaille (pendant à peine seize mois) et coureur de jupons efficace (de toute évidence), qui refroidissait sur le guéridon encore plus vite que son thé. L'œil d'Oswald pétilla à la vue de la petite cuillère en argent qu'il tenait toujours, aidé en cela par la *rigor mortis*.

— Ah, voilà qui est parfait ! Maintenant, il ne reste plus qu'à trouver une pauvrette qui ressemble à notre chère Joséphine. La Reine a insisté pour avoir une exécution, et on ne contrarie pas une reine, n'est-ce pas…

X

MERRY MUSARDAIT SUR LES TOITS de la Basse-Ville à contrecœur. Il avait plu toute la matinée et elle trempait ses bottes dans les flaques, trop éreintée pour y prêter attention. La jeune fille avait encore cauchemardé. La mauvaise nuit assombrissait son humeur comme les nuages lourds endeuillaient le ciel. La journée n'allait pas être bonne, loin de là.

La première chose qu'elle avait vue en se réveillant était l'uniforme de soubrette, posé bien en évidence sur une chaise en face de son lit. Tristabelle l'avait fait exprès, pas de doute. L'habit empestait la naphtaline, rappelant à Merry son séjour dans la penderie d'Oswald Sépulcre. Le souvenir lui donnait autant la nausée que l'odeur elle-même.

Ignorant l'uniforme, elle avait enfilé à la va-vite sa tenue de monte-en-l'air, puis quitté la maison sans même prendre de petit-déjeuner. Si seulement Merry était passée par la cuisine, elle aurait trouvé sur la table la lettre laissée par Tristabelle et l'aurait probablement rattrapée à temps…

Sur le chemin du *Labyrinthe,* elle croisa un gang de ramoneurs. Elle pensait pouvoir passer sans attirer l'attention quand l'un d'eux la pointa du doigt. Raté.

Des faciès torves, noirs de tatouages et de suie, se braquèrent sur elle. Des mains se crispèrent sur les hérissons de ramonage, ces longues tiges garnies de pics qui pouvaient aussi bien curer un conduit que vous arracher la peau des os.

Merry avala sa salive, essayant de ne pas se faire encercler. Elle n'en était pas à sa première anicroche avec des ramoneurs : une centaine de bandes rivales se livraient une guerre acharnée pour le contrôle des toits de la ville. Et même si le nettoyage des cheminées et des gouttières rapportait gros à Grisaille, ces mastards n'hésitaient pas à se remplir davantage les poches en rackettant les monte-en-l'air de passage.

Par chance pour la jeune fille, la cheminée sur laquelle la bande travaillait jusqu'alors explosa d'un coup.

Un nuage d'ailes et de becs noirs s'échappa du conduit comme une colonne de fumée : des corbains ! Cousins anthropophages des corbeaux ordinaires, les oiseaux se jetèrent sur les ramoneurs avec agressivité.

Les gaillards aux habits rayés fouettèrent l'air de leurs hérissons pour s'en débarrasser, dispersant des plumes à chaque coup. Mais l'essaim piaillant continuait à les picorer sans trêve : les corbains étaient particulièrement friands de globes oculaires…

Merry abandonna les truands à leur sort dans l'indifférence. Les infestations de corbains faisaient partie des risques du métier. En plus, des volatiles ou des ramoneurs, difficile de dire qui était la vermine la plus dérangeante à ses yeux.

Bientôt, *Le Labyrinthe* fut à portée de grappin.

Kat ne travaillait pas aujourd'hui ; la trappe du toit était ouverte.

Tant mieux ! Si ça peut m'éviter de croiser cette baudruche de Larry avant d'avoir de quoi le rembourser…

Lorsque Merry était allée négocier les informations précises sur le cambriolage, Larry et elle étaient tombés d'accord sur un contrat de dix lys d'or. Dix lys d'or, plus cinq pour cent du butin. La somme ne lui avait pas semblé excessive sur le coup, au contraire. Mais maintenant qu'elle était rentrée les mains vides…

Le code des voleurs était clair : les commissions sur les contrats devaient toujours être honorées, même en cas d'échec. Seuls l'emprisonnement ou la mort vous en dédouanaient.

Merry se retrouvait donc avec une dette de plus à régler. Sauf que celle-ci pouvait compromettre le remboursement de toutes les autres.

Les hommes de Gros Larry n'hésiteraient pas à la brutaliser s'ils la retrouvaient sans leur part du magot. Sa carrière de cambrioleuse prendrait alors un tour difficile avec une jambe ou un bras cassé – voire des doigts en moins. Et même si elle s'en sortait sans sévices, Larry propagerait la nouvelle de son défaut de paiement. Et alors, adieu sa réputation ! Plus personne ne lui proposerait de contrats, les receleurs lui fermeraient leurs échoppes et les gardes royaux seraient constamment avertis de ses coups par des tuyaux anonymes… Pas le genre de risques qu'elle pouvait encourir si elle comptait sauver sa famille de la ruine.

Ces charmantes réflexions bien ancrées dans les méninges, Merry se glissa dans la chambre de son amie.

Elle atterrit en douceur sur les tapis colorés qui couvraient le plancher. Le parfum dépaysant de la pièce – fleurs fanées et encens – lui expédia les narines vers des contrées exotiques. Les arabesques des attrape-rêves accrochés aux murs ajoutaient à l'atmosphère de sérénité.

Assise en tailleur devant une table basse, Katryan lui tournait le dos. La jeune femme tirait les cartes de son tarot, si concentrée qu'elle ne l'entendit même pas entrer.

En temps normal, Merry aurait interpellé Kat ou entrechoqué les carillons à vent qui pendaient partout du plafond pour attirer son attention. Mais elle avait la tête ailleurs, aussi se contenta-t-elle de lui donner une tape amicale sur l'épaule.

Il n'en fallut pas plus à son mentor pour l'étaler de tout son long sur la table basse, d'une prise si leste que les cartes en furent à peine dérangées. Son coude vint lui presser durement la gorge, tandis que son autre main ramenait une machette dissimulée sous la table.

— Zalut… Kad… ahana Merryvère, gagnée par l'apoplexie.

Les sourcils de Katryan se défroncèrent.

— Salut, blondinette, dit-elle en balançant sa machette derrière elle.

La lame effilée se planta droit dans le mur, juste à côté du hamac qui lui servait de lit.

La jeune femme sourit et desserra sa prise, assez pour permettre à Merry une goulée d'air bienvenue, mais sans la relâcher pour autant.

— Je peux me relever, dis ? piaula Merry d'une toute petite voix.

— Et gâcher mon tirage ? Certainement pas.

Kat n'avait qu'un an de plus que sa grande sœur, mais Merry lui vouait un attachement quasi infantile, surtout depuis la disparition de Lady Carmine. Aussi se contenta-t-elle d'une moue boudeuse lorsque Katryan répondit par la négative, son sourire s'élargissant.

La jeune femme piocha une carte – face cachée – parmi la dizaine qui dépassait sous le corps de Merry et la brandit – face visible – devant la figure de sa prisonnière : un squelette avec une faux.

— *La Mort*… déclara Merry en l'identifiant.

Elle commençait à retenir les dessins des arcanes à force de traîner avec Kat, même si elle ne parvenait pas encore à lire les runes qui formaient leurs noms.

Son amie acquiesça et tira une autre carte : un squelette portant un haut-de-forme, un monocle et une énorme montre à gousset.

— *La Mort Subite*, poursuivit la jeune fille.

Nouvelle carte : un fantôme s'échappant de la cage thoracique d'un squelette, lequel se démenait pour le retenir entre ses doigts osseux.

— *La Mort dans l'Âme.*

Pas de squelette sur la carte suivante, juste un gibet sous une lune écarlate. Un sarment noir et plein d'épines poussait au pied de la potence.

— *La… Justice* ? Non, *Le Trépas* ! se corrigea Merry.

Kat se gratta un instant l'arête du nez avec la carte, perplexe, avant de la ranger pour en révéler une autre. Merry rougit : le dessin représentait deux squelettes étendus sur un lit dans une position compromettante.

— *La Petite Mort*… soupira-t-elle, les yeux baissés.

— Bon, je pense que ça suffit, conclut Kat en la libérant.

Merry se redressa sur son séant.

— Ça fait un paquet de Morts, dis donc… remarqua-t-elle sombrement.

Un tarot de Grisaille contenait dix arcanes de Morts différentes parmi les cent huit cartes qui le composaient, en tirer plusieurs n'était donc pas *si* anormal… Mais tout de même, cinq d'un coup !

— Poule mouillée, plaisanta Kat. Je t'ai déjà dit que les Morts ne signifient jamais un décès dans un tarot. Ou presque jamais… Elles annoncent surtout de grands changements. Des évolutions. Des bouleversements !

— Mouais… Je sens déjà un grand changement : ma patience qui s'épuise… ronchonna Merry.

— Qu'est-ce qu'on est grognonne aujourd'hui, *Miss Joie-de-Vivre* ! la chahuta Kat en lui pinçant la joue. Allez, zou ! Direction le Marché-Noyé ! Espérons que la vente du coffret te rendra le sourire…

Le receleur de Katryan fit tout le contraire.

Deux lys d'or ! Deux lys d'or, à peine !

En entendant l'offre, Merry avait failli tomber à la renverse.

Elle n'en avait rien laissé paraître cependant.

C'était une autre règle du métier : ne jamais trop en dévoiler devant un receleur. Le moindre doute, la moindre excitation ou le moindre signe de désespoir à la mention du prix… et vous pouviez être sûr que le marchandage tournait à l'arnaque en bonne et due forme.

Pourtant, ce receleur-ci – un dénommé Crèvancre – semblait aussi sincère que possible.

Il leur avait expliqué que le coffret n'avait pratiquement plus aucune valeur après avoir été ouvert par la clé-squelette. Confronté à la mort de son maître, l'enchantement d'Oswald Sépulcre se consumait de lui-même. Les jeunes filles le constatèrent de visu : les runes ciselées dans la boîte commençaient déjà à s'estomper.

Selon Crèvancre, seul un autre Sépulcre aurait pu raviver le plein potentiel du coffret – une solution inenvisageable pour Merry puisque l'acheteur aurait su immédiatement d'où il provenait et ce qu'il était malencontreusement arrivé à son propriétaire. Maudits *memento mori !*

Crèvancre ne pouvait donc leur acheter le coffret qu'au prix de l'acier nocturne qui le composait.

Merry avait accepté les lys d'or sans desserrer les dents. En sortant de la boutique, son monde s'était mis à tanguer. Et pas seulement parce que l'échoppe flottait sur une barque. La monte-en-l'air n'avait aucune idée d'où récupérer le reste de la somme.

Pour traverser le Marché-Noyé sans bateau, il fallait trottiner sur des ponts de singe tendus entre les commerces nautiques. Mais avant qu'elles n'aient pu quitter l'entrepôt, quatre paires d'épaules bien larges s'interposèrent entre les demoiselles et la sortie.

Merry ne les reconnut que trop tard : la passerelle de cordes brinquebalait déjà violemment derrière elles, agitée par une bedaine qui aurait eu grand besoin d'une diète.

— Alors, les gueuses, on vient profiter d'l'air marin ?

Ne dépareillant en rien les docks, Gros Larry possédait un faciès de baleine échouée et l'odeur qui allait avec. Il mangeait à tous les râteliers, mais ne mâchait pas ses mots – du moins pas les consonnes, qui finissaient en postillons chuintants sur son triple menton. Les voyelles, elles, restaient souvent captives de ses bajoues. Quatre crapules de plus encadraient sa ventripotence, coupant toute retraite aux voleuses.

— On vient surtout éponger nos dettes. D'ailleurs, c'est parfait que tu sois là. Je comptais justement passer te voir, mentit Merry avec assurance.

—Vraie, cette foutaise ? T'as l'oseille ?

— Oui. En partie.

Elle lui tendit la bourse du receleur. Gros Larry ne la toucha même pas, se contentant de faire signe à un de ses hommes de main. Il l'arracha à Merry et vint en étaler le contenu sur la paume de son chef. Les deux pièces d'or, frappées à l'effigie de la Reine, parurent soudain minuscules dans cette énorme paluche.

— Deux lys, constata Larry avec un soupçon de sourire. 'Pelle pas ça « en partie ». *Pratiquement rien,* oui.

—Voyons, Larry, cela devrait être suffisant pour un délai ou... essaya de négocier Katryan.

—T'mêle pas d'ça, Kat. Et c'est « Monsieur Morlingue », quand t'es pas au *Labyrinthe* ! Si tu crois que ce sont tes mange-culottes d'clients qui t'entourent, tu t'goures lourdement. T'as pas d'amis, ici. Enfin, une seule, peut-être. Mais plus pour longtemps... (Il se tourna ensuite vers ses hommes.)

J'ai pas été aimable, mes lascars ? Conciliant, même ? Mézigue, il a pas attendu une s'maine entière qu'on l'paye ?

Les brutes acquiescèrent avec moult effusions :

— Pour sûr, chef !

— Très généreux d'vot' part !

— Un vrai prince !

Larry ferma le poing pour les faire taire.

— Y a une chose qu'est claire, c'est qu'j'ai horreur qu'on s'paye ma fiole.

— Voyons, Larry, je n'ai jamais…

— D'après ce qui s'raconte dans les impasses, y a un paquet de rupins qui essayent de te mettre le grappin dessus, Merry. Ça bavasse, ça chuchote et ça demande partout à ton sujet. Et tu voudrais m'faire croire – *m'faire croire, à moi* – que t'es sortie d'la cathédrale avec à peine *deux lys* dans les sacs ?

— Je t'assure, Larr…

— Chuis content qui savent pas y faire pour retrouver les vilaines oiselles dans ton genre. Toutes les tuiles qu'on t'réserve… Ç'aurait été moins drôle si ces endimanchés t'avaient déjà toute cassée. (Il claqua des doigts à l'intention de ses sbires.) Allez, commencez par lui faire les poches, et plus vite que ça !

Le moment était venu de couper court à la conversation. Merry envoya son genou dans le ventre du voyou le plus proche, puis attrapa le poignard d'argent dissimulé dans sa manche pour…

Ses yeux s'écarquillèrent de confusion quand ses doigts se refermèrent sur le vide : pas de poignard dans sa manche. Où pouvait-il bien être passé ?

— Attention ! cria Katryan à son adresse.

Le temps d'attraper un autre poignard, l'homme qu'elle venait de frapper en profitait pour lui rendre la pareille.

Choc. Éclair de douleur. Goût du sang.

L'avertissement de Kat lui avait évité un nez cassé ou un œil crevé. Mais en lui atterrissant sur la pommette, le poing lui avait ouvert l'intérieur de la joue contre les dents. Le visage de Merry se mit à l'élancer par vagues.

Perdant l'équilibre, elle faillit passer par-dessus la rambarde de cordes, se retint de justesse, puis se dit que tomber à l'eau n'était peut-être pas une si mauvaise idée. On pouvait bloquer la sortie terrestre du Marché-Noyé avec quelques personnes, mais ce n'était pas le cas de la voie inondée, celle qui rejoignait le port. Merry doutait que Gros Larry ait eu suffisamment de laquais à poster tout autour de la lagune. Elle se décida donc à plonger.

La fraîcheur de l'eau fit immédiatement du bien à sa joue meurtrie. Des sons lui parvenaient du pont, étouffés mais compréhensibles : d'abord des exclamations rageuses, puis un cri de douleur, suivi d'un autre *plouf !* dont les ondes se propagèrent jusqu'à elle. Merry prit peur en l'entendant et nagea plus profondément pour brouiller les pistes.

Elle évoluait maintenant dans une eau particulièrement trouble. Presque gluante. Des algues lui léchaient le visage de temps à autre. Quelque chose lui frôla le dos à toute vitesse. Un poisson, sans doute, mais cela aurait tout aussi bien pu être un carreau d'arbalète.

La jeune fille commença à manquer d'air et hasarda un regard vers le haut. Les barques ondoyaient avec mollesse au-dessus d'elle, comme autant d'astres de bois. Si elle se plaquait contre une des coques, Merry pourrait reprendre son souffle et chercher une issue. Elle refit donc surface.

Loin derrière, elle aperçut Gros Larry qui trépignait sur les cordages du pont et enguirlandait ses hommes. Ceux-ci n'avaient visiblement pas très envie de se jeter à l'eau ; le chef du gang ignorait que la plupart de ses sous-fifres ne savaient pas nager. Merry n'avait pourtant pas halluciné : quelqu'un avait bien plongé à sa suite.

— Tu comptais m'abandonner là ? murmura Kat en émergeant à ses côtés.

— Vraiment désolée ! J'ai pensé que Gros Larry n'avait aucune raison de s'en prendre à toi.

— Probablement, oui. Mais comme j'ai suriné le crétin qui t'a frappé, je suis sûre qu'il a une bonne raison maintenant. (Elle effleura la joue de Merry.) Tu vas avoir un sacré coquard.

— Si ça peut convaincre Tristabelle d'aller toute seule à sa stupide soirée, ça en valait le coup... On nage jusqu'aux quais ouest ?

— J'ai une meilleure idée : on va rejoindre le rafiot de Rimarien. Il a ouvert boutique dans un ancien trois-mâts, suffisamment haut pour atteindre le toit du Marché-Noyé. De là, on pourra... mettre les voiles, pouffa-t-elle.

Merry n'approuva pas sa facétie, mais le reste du plan lui paraissait solide. Elle ne souhaitait pas barboter plus que de rigueur : les égouts de Grisaille se déversaient dans les eaux portuaires, lesquelles grouillaient de créatures marines attirées par les déchets.

— Suis-moi et reste très proche, l'avertit Kat. J'ai vu des ailerons, pas loin…

Le comptoir flottant du sieur Rimarien n'était amarré qu'à une centaine de mètres. Mais impossible de nager en ligne droite : les ruffians de Larry s'étaient répandus comme la gale parmi les bâtiments du Marché-Noyé. Ils scrutaient l'eau depuis des positions stratégiques, pendant que les jeunes filles zigzaguaient entre les coques et les bouées d'amarrage.

Kat indiqua à Merry une sentinelle aux aguets, juste au-dessus d'elles. Elle plongea plus profondément pour passer sous le ponton où l'homme se tenait. Merry plongea à son tour. À l'instant où ses longues jambes franchissaient la plate-forme, elle entendit un « Hé ! Par ici ! » qui la paniqua.

Elle s'enfonça davantage dans l'eau opaque. Qui aurait dû le rester…

Là, dans les profondeurs, une forêt de cadavres était plantée sur le sable. Il y en avait des dizaines, les pieds entravés par des boulets métalliques et des chaînes : des mauvais payeurs, des témoins gênants, des escrocs qui étaient tombés sur plus malins qu'eux… Les corps flottaient dans un triste état. Les plus anciens n'étaient que des squelettes, qui dansaient une gigue lente sous les ondulations du courant.

Cernée par les morts, Merry voulut remonter au plus vite. Lorsqu'elle en bouscula certains, elle eut l'impression qu'ils cherchaient à l'immobiliser.

Pour que tu restes leur tenir compagnie, peut-être ?

Merry chassa cette pensée angoissante. Néanmoins, quelque chose l'empêchait bien de regagner la surface. Elle se retourna sur un long tentacule qui agrippait sa jambe et, en suivant l'appendice, finit par en découvrir l'heureuse propriétaire : une pieuvre presque aussi grande qu'elle qui avait fait du champ de noyés son garde-manger.

Merry commença par se débattre avec vigueur. Elle tentait de faire comprendre à la bête qu'elle ne faisait pas partie de son menu habituel. Mais la pieuvre ne relâcha pas prise, au contraire. Et comme le poisson cru était un met à la mode (une information qu'elle tenait des virées de Tristabelle), aucune raison pour que l'humain cru ne soit pas considéré comme une délicatesse chez les fruits de mer. Un juste retour des choses.

Merry ne comptait pas finir en hors-d'œuvre – fût-il de luxe. Elle tendit la main vers l'une de ses poches secrètes, mais ses membres bougeaient avec une telle lenteur sous l'eau… D'autres tentacules faillirent lui attraper le bras avant qu'elle ne se saisisse d'un poignard.

La lame d'argent déchira la chair caoutchouteuse du monstre, libérant la jeune fille dans un nuage de sang sombre.

Malgré la blessure, la pieuvre se lança à sa poursuite.

Merry battait des jambes aussi vite que possible, mais la pieuvre était dans son élément. Elle gagnait du terrain, implacable. La jeune fille sentit avec angoisse une crampe la gagner. C'était sans compter sur un sauvetage inhabituel : une peau rugueuse, un aileron et un sourire ravageur qui la frôlèrent pour fondre sur le tentacule entaillé.

La lutte s'engagea, très vite inégale quand d'autres squales apparurent pour profiter du festin. La blessure de la pieuvre les avait attirés aussi irrésistiblement que les soldes attiraient Tristabelle chez les tailleurs de corsets.

Merry prit la tangente pour rejoindre Katryan. Sa bouche commençait à être pleine de sang à cause du coup de poing et ce n'était vraiment pas le moment de cracher dans la soupe du jour.

Hors de l'eau, l'homme de Gros Larry avait averti deux confrères. Ils regardaient le bouillonnement d'écume rougeâtre avec un certain dépit.

— C'est ça qu't'as cru voir ? C'est rien qu'des requins...

— J'vois ça, fit l'homme de main, vexé. Mais p'têt qu'ils boulottent les p'tites, non ?

— P'têt, ouais... Te fais pas d'bile, si c'est l'cas. On en retrouvera bien des morceaux.

Au grand dam de Gros Larry, ils ne retrouvèrent que des tentacules flottant à la surface.

Les jeunes filles avaient réussi à rallier le pavillon de Rimarien sans plus de frayeurs. L'absence du receleur ne leur porta pas préjudice : Kat connaissait parfaitement l'échoppe et montra à Merry comment escalader le mât principal. Elles sortirent en catimini de ce cloaque.

XI

Lorsqu'elles atteignirent la maison Carmine, l'après-midi agonisait doucement sous les coups du soir.

— Tristabelle ! Dolorine ! appela Merry en passant la porte. Je suis rentrée !

Aucune réponse. Leur absence étonna la jeune fille, particulièrement celle de l'aînée : l'heure du départ pour le gala de charité approchait.

— Elles sont peut-être allées faire des courses, dit Katryan.

— Oui… sûrement. (*Mais avec quel argent ?* s'interrogea Merry.) Un verre d'eau pour faire passer le goût du sel ?

— Pourquoi pas. Tu as des glaçons ?

— Je crois. Mais l'eau est déjà très fraîche, tu sais. La plomberie tire dans la source souterraine de la falaise et…

— Pas pour moi, les glaçons, mais pour ta joue. Elle est plus enflée qu'une tomate. Une tomate qu'on essaierait de faire pousser à coups de marteau !

Elles se rendirent à la cuisine.

Merry ouvrit le coffre à glace et ne découvrit que du givre à l'intérieur. Elle racla tout de même les parois dans un chiffon à vaisselle qu'elle appliqua sur sa joue pour apaiser l'œdème. Assise sur la table, Kat allait sortir son tarot détrempé quand elle remarqua le mot de Tristabelle. Après l'avoir survolé, elle le poussa vers Merryvère. La calligraphie acérée disait ceci :

Merry,

Tu dors encore, évidemment. Parfois, j'ai l'impression que tu passes plus de temps au lit qu'éveillée... Si tu te levais plus tôt, tu pourrais t'apprêter aussi bien que moi ! Bon, certainement pas, n'exagérons rien... Mais tu devrais grandir un peu et te montrer plus responsable ! D'ailleurs, tu as intérêt à ne pas être en retard ce soir. Nous partons d'ici à 19 heures.

En attendant, je vais à La Fleur de Sang, *le salon de beauté de Selena Vermeil sur l'avenue Rubiconde. Je t'aurais bien proposé de venir, car on m'a offert deux coupons, mais soyons honnêtes... ce serait du gâchis sur toi. Je reviens en début d'après-midi. Évite donc d'être en retard, nous essaierons ton uniforme à ce moment-là.*

Signé : Tristabelle Carmine, Lady Intérimaire de la Maison Carmine

P.-S. : NE SOIS PAS EN RETARD !!!

Achevant sa lecture, Merryvère se leva et jeta un coup d'œil anxieux par la fenêtre : 19 heures tout juste au cadran mécanique d'un lointain beffroi. Était-elle partie sans elle? Cela paraissait peu probable : Tristabelle Carmine n'arrivait jamais nulle part en avance. Sa sœur manquait pourtant à l'appel. Et elle avait parlé d'un salon de beauté... Un salon de beauté Vermeil. Pourquoi ce détail la tracassait-il?

Avant qu'elle ne puisse y réfléchir, Merry entendit du bruit dans le vestibule. Elle s'y précipita.

— Trista, c'est toi? Je...

— Coucou! fit Dolorine à sa grande sœur.

La fillette tenait Monsieur Nyx sous un bras, un bocal de verre sous l'autre. À l'intérieur du bocal, la plus grosse et la plus dégoûtante limace que Merry ait jamais vue – un kilo, au bas mot. Elle agitait ses antennes en faisant des bulles de bave. Dolorine elle-même ne payait pas de mine : sa robe noire et ses cheveux étaient couverts de toiles d'araignée.

Cela n'empêcha pas Merry de la serrer dans ses bras. Obnubilée par la disparition de Tristabelle, elle avait complètement oublié que la benjamine ne se trouvait pas non plus à la maison.

— Attention, Merry, ne fais pas tomber Archibald! dit Dolorine en essayant vainement de dégager le bocal à limace de l'étreinte de sa sœur.

— Oh! Dolly, je suis tellement soulagée! Où étais-tu passée?

— Je me suis promenée avec l'Homme Bleu et Monsieur Nyx. C'est un roi, tu sais. L'Homme Bleu, pas Monsieur Nyx. Peut-être que je devrais l'appeler le Roi Bleu, en fait? On a cherché son fils, mais il n'était pas chez sa maman, alors...

— C'est très bien, ma chérie, mais est-ce que Tristabelle était avec toi ? Tu ne l'as pas vue aujourd'hui ? Pas du tout ?

Dolorine secoua la tête. Des brins de soie d'araignée tombèrent jusqu'à son col.

— Coucou, Kat ! salua-t-elle la jeune femme. Tu m'as apporté des caramels au safran ? J'ai faim.

— J'en avais un sachet… mais il est tombé dans l'eau du port, s'excusa Katryan.

Dolorine haussa ses épaules menues.

— Au moins, ils ne sont pas gâchés si les poissons les mangent ! ajouta-t-elle sans déception. Est-ce qu'il reste des concombres, Merry ? Hier soir, Tristabelle a dit qu'elle voulait se faire un masque avec des concombres. C'est pour jouer à la voleuse avec toi ? C'est rigolo, mais moi je préférerais les manger…

Un *masque* ? Le mot percuta Merry de plein fouet. Elle écarquilla les yeux, gagnée par une soudaine panique.

— Si tu as faim, Dolly, empiffre-toi de toute la confiture que tu veux ! Désolée de ne pas te faire la cuisine mais faut vraiment qu'on y aille ! (Elle se tourna vers Katryan.) On doit filer au salon de beauté ! Et s'il le faut, au manoir Vermeil ! Il est juste à côté, au bout de l'avenue Rubiconde. Je crois que Tristabelle est en…

— … retard, la coupa Kat en lui faisant de gros yeux. Nous devons aller la chercher avant qu'elle ne rate son bal.

La frimousse de Dolorine s'était illuminée à la mention de la confiture.

— Oh ! d'accord. Je donnerai de la patate crue à Archibald. C'est important qu'il ne soit pas au régime.

Merry lui caressa les cheveux avec nervosité et se précipita dans le crépuscule, criant ses dernières recommandations tandis qu'elle s'éloignait :

— Surtout, n'ouvre pas cette porte jusqu'à ce qu'on revienne. Ne laisse personne entrer dans la maison !

Katryan, toujours dans le vestibule, adressa un sourire embarrassé à la cadette. Elle allait passer le seuil de la maison quand elle sentit la main de Dolorine – minuscule mais ferme – pressée contre sa cuisse.

— Fais bien attention au plafond, Kat.

— Le plafond ? De quel plafond... demanda-t-elle, intriguée.

— Dépêche-toi, Kat ! l'interpella Merry depuis le jardin. On a déjà assez perdu de temps !

— Méfie-toi du plafond, répéta Dolorine en la lâchant. C'est important.

Katryan plongea son regard de citrine dans les yeux noirs de la fillette, sans en trouver le fond. Elle acquiesça, même si elle ignorait exactement à quoi ou pourquoi, et claqua la porte.

Après avoir déposé Monsieur Nyx et Archibald la limace sur la table de la cuisine, Dolorine ferma les quatre verrous de l'entrée. Puis elle se rappela quelque chose.

— Mince, Monsieur Nyx ! J'ai oublié de rendre son couteau à Merry !

II

XII

Merryvère filait comme un météore d'inquiétude. Elle se jetait des rebords et défiait le vide avec une imprudence peu coutumière. Katryan n'avait aucun mal à la suivre entre les toits, mais elle l'incitait à ralentir pour se calmer.

— Tu n'aurais pas dû affoler ta petite sœur comme ça, la rabroua-t-elle.

— Et toi, tu n'aurais pas dû mentir pour la rassurer ! se défendit Merry. Il faut qu'elle comprenne le danger. Dolorine n'a jamais peur de rien et fait toujours confiance à tout le monde ! Elle serait capable d'offrir un os à moelle à une goule ! C'est elle qui aurait pu se faire attraper ! Et si Tristabelle est morte…

— Pourquoi serait-elle morte ?

Merry repensa au souvenir qui la hantait, et à un détail en particulier : le jeune homme qui avait voulu la courser chez Oswald Sépulcre. Le jeune homme masqué et ses mystérieux renforts, tous encapés d'écarlate.

— Les Vermeils étaient dans le coup chez le patriarche, expliqua-t-elle. Ils voulaient la boîte, au point de tuer pour la récupérer ! Et si j'en crois son mot, Tristabelle est allée se fourrer droit dans leurs crocs ! C'est assez clair comme menace, non ?

Katryan refusa de s'alarmer plus que de rigueur :

— Elle n'est pas morte. Blessée ? Possible. Torturée ? Probable. Mais morte ? Non. Juste un peu moins vivante, à la limite. Et moins humaine.

Merry partit d'un rire nerveux qui perdura jusqu'à la sortie du quartier.

Tristabelle. Juste un peu moins humaine.

« Juste. »

***

Quelque part dans le plus somptueux manoir de l'avenue Rubiconde, Selena Vermeil se rongeait les sangs. Et, croyez-le bien, ce n'était pas une expression qui s'employait à la légère entre vampires.

Sa sœur Natalia – la préférée parmi les cinq cent treize « filles » de Magdalena Vermeil – arpentait la mezzanine de long en large. Des lanternes discrètes éclairaient la galerie, leur chaude lumière décuplée par des centaines de miroirs suspendus à des hauteurs et des angles divers. Cette débauche absurde permettait aux Vermeils de se toiletter sans trop d'attente : les vampires de Grisaille se reflétaient dans les miroirs, oui ; mais toujours avec quelques minutes de retard.

Par ses aller-retour, Natalia profitait donc de la galerie des glaces pour admirer sa parfaite coiffure brune à contretemps, tout en s'assurant aussi qu'elle n'avait pas de poils de rat coincés entre les dents.

Délicieux apéritifs, les rongeurs, quoique très salissants.

Un cri violent monta d'un cachot proche, suivi de pleurs à demi étouffés.

— Ah ! Enfin ! s'exclama Natalia en retrouvant le sourire.

Elle lécha l'ourlet pulpeux de ses lèvres avec satisfaction. Mais ses canines excessivement longues disparurent vite lorsque la porte du cachot s'ouvrit.

Miroslav sortit de la cellule avec des larmes aux yeux et les restes de ce qui ressemblait à un bracelet garni de pointes entre les mains.

— Elle a cassé mon perce-poignet, renifla le tortionnaire. C'était une antiquité ! Une pièce unique qui remontait au règne de Vladislav le Cruel…

Miroslav emporta les débris en les berçant comme un nourrisson, ses traits écrasés de tristesse. Teodor sortit à son tour du cachot, l'air préoccupé.

— Elle refuse toujours de parler tant qu'elle n'aura pas eu son bain… informa-t-il Natalia.

La moue de la Vermeil se pinça davantage, avant d'exploser. Tous les miroirs assemblés firent un commun effort pour lui rendre son sourire, mais en vain : les plaques de verre ne purent que se renvoyer l'une l'autre son visage en furie, comme si elles craignaient de se fêler en la reflétant trop longtemps.

Natalia attrapa le miroir le plus proche – un massif cadre en fonte – et le balança sans effort à bas de la mezzanine.

Il se fracassa devant le visage de Teodor, le grêlant d'échardes tranchantes. Le vampire les arracha une à une en grommelant, avant de regagner son poste.

— Elle me rend folle ! geignit Natalia.

Selena ne répondit rien, se contentant de tordre ses mains à s'en faire blanchir les phalanges – si elles n'avaient pas déjà été blanches comme la craie, cela va de soi. La journée avait pourtant si bien commencé…

Dans la matinée, la clochette du salon avait retenti sur une élégante pimbêche appâtée par la réclame, comme il en venait tant. Selena ne connaissait pas la jeune fille, mais elle avait immédiatement identifié l'odeur de son sang – le même sang retrouvé par les guetteurs auprès de la tombe profanée d'Oswald Sépulcre, la nuit précédente.

La cliente lui avait tout d'abord demandé une manucure. Selena s'était exécutée et, après lui avoir enlevé les pansements des doigts, l'odeur avait enivré davantage ses sens. Plus aucun doute possible : les Vermeils avaient tous goûté à ce sang afin de reconnaître la voleuse dès qu'ils la croiseraient en ville, même par le plus grand des hasards. Et le plus grand des hasards s'était présenté au salon de Selena.

Ses sœurs s'étaient toujours moquées de ses coupons gratuits destinés à attirer plus de monde à *La Fleur de Sang*, mais qui rirait la dernière finalement ?

Cent dix-sept ans qu'elle s'occupait du salon de beauté.

Cent. Dix-sept. Ans.

Et tout allait enfin cesser !

Selena en avait sa claque de peindre des ongles au vernis de caillot, de teindre des cheveux à l'hémoglobine, de rosir des lèvres au plasma et de préparer des bains de sang… Chaque cliente était comme un gâteau exquis auquel on lui interdisait formellement de goûter, ne serait-ce que du bout des dents.

Mais on ne discutait pas son rôle quand on était une Vermeil. Les anciens vous attribuaient une charge dans la Maison au moment où vous étiez « recrutée » et, comme tous les vampires bénéficiaient de la même immortalité, les promotions et les changements de postes arrivaient moins souvent que les fins de siècles.

Néanmoins, son heure était venue. La monte-en-l'air recherchée en vain par toute la famille ? C'était elle qui l'avait capturée ! Bon, certes, le mot était un peu fort : à la mention d'échantillons gratuits de rouge à lèvres, la jeune fille l'avait suivie de son plein gré. Mais Selena comptait bien en profiter pour exiger une position plus prestigieuse. Décoratrice de cercueils, par exemple. Ou collectrice sanguine. Voire Assassin Écarlate, pourquoi pas ?

Peut-être même que Magdalena Vermeil la choisirait, elle, pour épouser le prince, et non cette pouliche orgueilleuse de Natalia…

Les beaux projets de Selena semblaient cependant de plus en plus compromis. Loin de la frivolité de sa clientèle habituelle, l'otage s'était révélé plus entêtée qu'un clou de cercueil. Et beaucoup plus tordue.

Silence et regards courroucés furent d'abord ses seules réponses à leurs tentatives d'intimidation, puis une litanie oiseuse de…

« Où sont mes échantillons gratuits ? »

« Où est mon bain ? Mon coupon donne droit à un “*Bain de Jouvence Spécial Sang de Vierge*”. J’exige mon bain ! »

« J’ai rendez-vous à 21 heures au gala de la comtesse Fiona Tourmente. Si je suis en retard, je vous jure que vous allez le regretter… »

En boucle et inlassablement. Elle semblait n’avoir aucune conscience du danger de sa situation. Ou du danger en général.

Selena, Natalia et les tortionnaires n’en revenaient pas. Ils n’avaient jamais rencontré quelqu’un que la douleur et la mort effrayaient encore moins qu’un vampire. Ajoutez à cela le ramollissement du cervelet chez les geôliers masculins et vous aviez le tableau le plus cocasse qu’un interrogatoire ait jamais composé… C’était le monde à l’envers.

Natalia était à deux doigts d’arracher la tête de la prisonnière.

Mais aussi satisfaisante que serait la décapitation de cette énergumène, le geste leur en coûterait beaucoup : la petite cuillère ? Perdue pour toujours. Le plan pour renverser la Reine ? Irrémédiablement compromis. Et bien plus important pour Selena, elle ne quitterait jamais son déprimant salon de beauté.

Elle décida donc de reprendre les choses en main avant que ne se produise l’irréparable :

— Miroslav qui déprime, Piotr réduit en cendres, Ivan prêt à la demander en mariage… On n’arrivera à rien comme ça ! Teodor, fais descendre une baignoire. Et va aussi me chercher deux ou trois vierges à la réserve. Entre seize et vingt ans d’âge, pas plus.

***

— Alors, le plan ?

— Le plan ? répondit Merry. Je pensais que tu en aurais un.

— Pourquoi c'est à moi d'avoir tous les plans ? s'amusa Kat. Je t'ai déjà donné mon avis : on devrait revenir demain. En plein jour. C'est trop risqué de pénétrer dans le manoir, de nuit.

— Tristabelle sera sans doute morte, demain ! C'est maintenant qu'il faut la sauver.

— Je ne suis pas sûre que ça justifie de risquer autant *nos* vies. Surtout pour ta sœur. Qui n'est pas un cadeau, il faut bien le dire.

Elles discutaient perchées sur un balcon de l'avenue Rubiconde, non loin du toit du manoir.

La visite à *La Fleur de Sang* n'avait rien donné. Le salon de beauté était désert depuis des heures : le feu de la chaudière principale s'était éteint de lui-même, laissant des litres et des litres de sang coaguler dans les baignoires de cuivre, faute de chaleur. Les bougies parfumées, éteintes également, n'arrivaient plus à masquer l'odeur de boucherie froide qui se dégageait des lieux.

L'endroit soulevait le cœur de Merry. Elle trouvait répugnant de se tartiner la peau de sang, même s'il s'agissait de la meilleure façon d'avoir « un teint de rose et de gommer les rides » (selon les gravures publicitaires qui fleurissaient dans la Haute-Ville). Elle ne comprendrait certainement jamais les canons de beauté en vigueur à Grisaille. Contrairement à Tristabelle, qui s'accommodait très bien de toutes ces horreurs.

— *Allons, Merry ! La beauté est une guerre !* lui avait-elle expliqué un jour. *Si tu n'utilises pas tous les moyens à ta disposition pour triompher, l'ennemi n'hésitera pas à le faire à ta place ! Et puis, tu ne peux pas nier que les Vermeils ont une peau ma-gni-fique.*

— *Mais, Tristabelle… Ce sont des vampires !*

— *Oui, et alors ? Cela prouve bien que le sang est efficace ! J'espère que tu comprendras l'importance d'améliorer son apparence quand tu seras plus grande. Surtout qu'avec ton physique…*

Malgré ce genre de persiflages, Merry lui devait un sauvetage : Tristabelle n'avait pas hésité à la secourir quand elle s'était retrouvée dans une cellule. Certes, on risquait moins à payer les pots-de-vin de l'administration royale qu'à infiltrer le repaire de la Maison Vermeil, mais connaissant la vénalité de sa grande sœur, renoncer à pareille fortune avait dû être aussi douloureux que de se scier le bras.

Kat arracha Merry à ses réminiscences.

— Avale ceci.

Elle lui tendit une poignée de fleurs séchées sorties d'une sacoche en cuir. Leur couleur mauve n'était pas inconnue de Merry.

— De l'hématiane ? Ça protège des vampires ?

— Oui et non, expliqua Kat. Pas exactement. À haute dose, l'hématiane est écœurante pour eux. Quelques pétales parfumeront juste ton sang, mais comme les Vermeils peuvent le sentir même dans tes veines, ils devraient nous prendre pour des serviteurs. Leurs valets de nuit en consomment régulièrement pour éviter de se faire vider par accident…

— Pas sûr qu'on puisse donner le change très longtemps, s'inquiéta Merry. Mais c'est mieux que rien.

Derrière le titre peu reluisant de « valets de nuit » se cachait en réalité une des professions les plus lucratives de Grisaille : les donneurs de sang volontaires. Ils travaillaient tous pour des banques de sang aux tarifs particulièrement élevés, asséchant la trésorerie de la Maison Vermeil en même temps qu'ils leur remplissaient les veines. Voilà pourquoi les plus anciens vampires obligeaient les plus jeunes à pratiquer des petits boulots qu'ils jugeaient indignes de leur condition : afin de financer leur douce éternité.

— On reste sur nos gardes de toute façon, poursuivit Katryan. La malédiction les empêche peut-être de boire ton sang, mais pas de te tuer de plein d'autres façons atroces…

— Réjouissant. Mais je le savais déjà.

En effet, Merry connaissait bien l'origine de l'interdit vampirique : *La Valse des Crocs Cassés* l'avait toujours amusée par ses mille anecdotes aux détails sordides, depuis la mariée à la robe marbrée de sang jusqu'à l'empoisonnement massif du punch, en passant par les guirlandes de boyaux à la table des enfants et même (même !) l'intervention providentielle du lama cannibale contre l'orchestre… Le récit complet de la soirée peignait un tableau peu reluisant de l'aristocratie et de ses débauches.

Dans les grandes lignes, la reine Meredith Tourmente n'avait pas apprécié que les Vermeils invités au mariage de sa nièce se soient servis des domestiques du palais comme d'en-cas. Pas apprécié du tout. Afin de leur apprendre le respect de l'étiquette, l'avant-avant-avant-avant-dernière souveraine avait lancé une malédiction à la Maison tout entière : par décret royal, aucun Vermeil ne pourrait plus boire de sang humain sans le consentement de la victime.

Les Vermeils avaient protesté bien sûr (allait-on s'insurger ensuite du meurtre des amuse-gueules et des petits fours ?), mais s'étaient inclinés. Inutile de préciser que s'ils obtenaient le trône un jour, annuler cet édit serait la plus brûlante de leurs priorités. D'ici là, personne n'oserait remettre en question les décisions d'une reine de Grisaille. À part Tristabelle, peut-être.

Merry avala les pétales en grimaçant.

— Avec ma joue en compote, je ne devrais pas avoir l'air trop trop appétissante… déclara-t-elle.

— Oh, elle a bien dégonflé, tu sais. Attends ! J'ai l'idée parfaite pour compléter nos tenues !

Katryan tira de ses poches un cylindre de cuivre de la taille d'un auriculaire.

— Vraiment ? s'offusqua Merry en reconnaissant l'objet. Tu as volé des tubes de rouge à lèvres au salon de beauté ? Tu ne vaux pas mieux que Tristabelle, dans ton genre…

— Je n'ai pas pu résister, regarde-moi ce pourpre ! On dirait du velours ! Maintenant, tu ne bouges plus et tu te laisses faire…

Kat fit sortir le rouge du tube et le saupoudra d'hématiane qu'elle venait d'écraser entre ses doigts. Elle attrapa ensuite la nuque de Merryvère et lui appliqua le rouge à lèvres au niveau de la jugulaire. Deux points rouges symétriques ; une parfaite morsure de vampire.

XIII

Pénétrer dans le manoir Vermeil ne fut pas chose aisée. Toutes les fenêtres des étages supérieurs étaient barrées par de lourds volets, presque hermétiques. Il s'agissait d'évincer le moindre filet de jour car, si les vampires pouvaient supporter une promenade en journée en portant des habits épais, une exposition directe au soleil – aussi anémique fût-il à Grisaille – leur restait fatale. En manque de lumière pour son teint, Tristabelle avait expérimenté le phénomène plus tôt lors de son enlèvement en tirant les rideaux de sa cellule sur un geôlier trop distrait.

Après plusieurs essais infructueux, les jeunes filles tombèrent sur une fenêtre dont les volets avaient été simplement poussés, et non verrouillés. Elles réussirent à l'ouvrir d'une pression conjuguée de leurs lames.

Les corridors du manoir étaient décorés avec une sobriété bienvenue. On était loin, très loin, des appartements d'Oswald Sépulcre. L'ivoire dominait le spectre des couleurs : cadres de tableaux, poignées de portes, candélabres, supports à lanternes… Et les miroirs, bien sûr. Tellement de miroirs. Le plancher et le plafond étaient recouverts d'une même mosaïque en marbre blanc et noir. Regarder trop longtemps ces surfaces donnait un léger tournis. Des rideaux opaques tirés devant les portes marquaient l'emplacement de chaque pièce. Les jeunes filles les fouillaient une par une, mais Tristabelle demeurait introuvable.

Au moindre bruit de pas, elles allaient se tapir dans des alcôves aux ombres accueillantes, sans toutefois s'y éterniser. Des contours de cercueils s'esquissaient dans la pénombre et elles ne comptaient pas vérifier s'ils étaient pleins ou vides.

Leur exploration prit fin inopinément : elles tombèrent nez à nez avec un Vermeil au pied d'une cage d'escalier. Immobile et dépourvu de souffle, le vampire n'avait pas émis le moindre son qui aurait permis de le repérer.

Les monte-en-l'air portèrent la main à leurs lames.

Mais le Vermeil les approcha sans donner l'alerte. Il semblait même soulagé de les voir.

— Ah, Filip n'a pas traîné ! s'exclama Teodor. Mais vos habits… Il est allé vous chercher dans les chambres privées ou quoi ?

— Oui, euh… c'est exact, improvisa Merry.

— Hmm. J'espère que votre absence ne va pas gâcher la soirée de quelqu'un. Vous ne serez pas en état de donner beaucoup plus de votre personne après le bain. Surtout si vous n'êtes que deux. Ça va être intense.

Merry n'y comprenait rien. Contrairement à Kat, qui souriait d'un air entendu.

— Enfin, on verra plus tard pour les excuses… continua le vampire. Je vous emmène à la cellule illico. Si on traîne trop, Natalia risque d'étriper la prisonnière.

Merry sut dans la seconde qu'il parlait de Tristabelle. Personne d'autre ne provoquait de telles envies de meurtre rien qu'en existant…

Escortées de Teodor, elles traversèrent tout l'étage sans attirer l'attention et atteignirent une galerie de miroirs qui n'en finissait pas. Le comportement du jeune vampire ne rassurait pas Merry : elle le voyait lorgner sur leurs veines à la dérobée, reniflant même – très brièvement – les épaules de Katryan. Merry préféra ne rien dire, mais le geste l'inquiéta. Ce fut finalement Teodor qui brisa le pesant silence.

— Écoutez… Je vois bien que vous êtes nouvelles, mais par contre… Vous êtes bien des vierges ?

Merryvère ouvrit la bouche et ne parvint qu'à bégayer un « cfglkllllm ! » peu convaincant. Heureusement, Katryan riposta du tac au tac :

— Non, mais dites donc ! Qu'est-ce que c'est que cette question ?

— Filip ne vous a pas prévenues ? Quel imbécile, celui-là… Selena a besoin de sang de vierges pour le bain. Et vous… (Il fit un geste de la tête vers Katryan.) Comment dire… Vous n'avez pas le parfum de…

— Quel malotru ! continua Kat en haussant le ton. Nous sommes payées pour vous laisser boire notre sang, pas pour supporter ce genre d'insinuations !

— Allons, ne prenez pas la mouche, répliqua Teodor. Si ça ne tenait qu'à moi… Vous êtes parfaitement à mon goût, toutes les deux, je vous assure ! Seulement, entre mes furies de sœurs et le fléau du cachot, je suis certain de me faire sonner les cloches sur la qualité du bain…

— Eh bien, moi je vous assure que vous vous trompez ! proclama Kat. Vérifiez par vous-même, si ça vous chante… (Elle fit volte-face vers Merry.) Laisse donc *Monsieur le Mufle* te goûter.

— Me… quoi ?! s'étouffa Merry.

— Donne-lui ton doigt. (Elle se tourna vers Teodor, qui levait un sourcil perplexe devant ces simagrées.) Excusez-la, c'est sa première fois… Elle est un peu nerveuse.

— Il n'y a pas de quoi, fit Teodor en se détendant un peu. Je ne vais pas la mordre… En fait si, ha ! ha !

Du point de vue de Merry, la faiblesse de son trait d'humour n'améliora pas la situation. Pas plus que l'aiguille que Kat tira de ses cheveux, avant de la lui tendre.

La jeune fille la prit tout de même – ainsi qu'une profonde inspiration – et se piqua le bout de l'index. Une chétive perle de sang apparut juste en dessous de son ongle. Elle l'offrit à Teodor.

Le vampire attrapa son poignet d'une main ferme. Sa peau froide contre la sienne la fit tressaillir. Il souleva son doigt jusqu'à sa bouche et y posa ses lèvres, comme pour un baiser. Teodor se mit ensuite à aspirer le sang, tout en douceur, à petits coups de langue. Merry sentit son propre cœur s'accélérer. En dépit des efforts de son cerveau pour convaincre son corps du contraire, la sensation était tout à fait agréable.

Au bout d'un instant délectable, Teodor releva la tête. Ses lèvres étaient un peu plus roses qu'avant, et il lui sourit :

— C'est curieux, vous avez une légère saveur de Tourmen...

Le coutelas de Katryan lui traversa la poitrine avant qu'il ne puisse terminer sa phrase. Sa chemise à jabot se colora de pourpre et il s'effondra en gargouillant sa surprise.

— Attrape son jeu de clés ! ordonna Kat. La cellule ne doit plus être loin.

— Il est... mort ? hasarda Merry en sortant de la torpeur qui l'avait prise. *Mort-mort*, et pas *mort-vivant*, quoi...

— Si je l'ai eu au cœur, possible. Sinon, il s'en remettra. Traînons pas dans le coin pour vérifier !

Une fois le Vermeil dépouillé, elles avancèrent jusqu'au balcon de la mezzanine qui surplombait le premier étage.

— Là, chuchota Merry.

Elle indiqua une porte en contrebas, devant laquelle une paire de Vermeils faisaient le pied de grue. La conversation entre les pâles jeunes femmes était particulièrement animée, remplie d'éclats de voix et de mouvements de main agressifs. Merry connaissait bien ce genre de scène : querelles de sœurs. Et elle pouvait deviner *qui* était à l'origine de leur ressentiment.

— Profitons de leur distraction, proposa Katryan. Glisse-toi le plus près possible de la porte et reste cachée jusqu'à mon signal.

— Et ce sera quoi, ton signal ?

— Je ne sais pas encore. Mais je doute que tu le manques, ajouta-t-elle malicieusement.

— Fais bien attention à toi, Kat... insista Merry, soucieuse à l'idée de se séparer en terrain hostile. Pas la peine de prendre des risques inutiles. Surtout avec ton poignet amoché.

— C'est mignon de t'en faire mais va plutôt chercher ta sœur ! Si on se perd de vue, rendez-vous à la maison. La vôtre, bien sûr.

— Entendu, conclut Merry.

Mais le cœur n'y était pas.

La jeune fille se faufila néanmoins à travers l'étage, glissant d'alcôve en alcôve jusqu'à l'angle d'une balustrade. Elle s'y accroupit, invisible.

Merry se trouvait maintenant juste au-dessus des deux vampires, si près qu'elle pouvait entendre très distinctement les insultes qui fusaient entre elles. Si près aussi qu'elles auraient pu lui tomber sur le râble en moins d'une seconde, pour peu que l'odeur de son sang la trahisse avant le signal de Katryan.

Celle-ci ne se fit pas désirer. L'étage inférieur se retrouva soudain illuminé par les flammes d'une comète de tissu qui fila du balcon pour s'écraser aux pieds des vampires. Certainement pas la plus subtile des diversions, mais parmi les plus efficaces !

À peine les Vermeils avaient-elles bondi en arrière que Kat apparut sur la balustrade. Une main sur la hanche, l'autre jouant avec la flammèche d'une lanterne arrachée à un mur, elle les harangua avec insolence :

— Je comptais juste vous voler un ou deux vases avant de filer… Mais à la vue de ces horribles rideaux, j'ai craqué ! J'espère que vous êtes meilleures à la course qu'en décoration d'intérieur. Car je ne vais pas m'arrêter là !

Les vampires réagirent sur-le-champ.

— INTRUUUSSS ! hurla Selena pour alerter le reste de la maisonnée.

Elle se précipita ensuite le plus loin possible du feu, son visage de poupée blonde disparaissant derrière des rideaux. Natalia, dont le visage semblait plutôt taillé dans un morceau de lune entoilé d'ombres, choisit une tout autre approche : Merry la vit s'accroupir, puis sauter d'un coup jusqu'au balcon où se tenait Katryan.

En soi, le saut défiait déjà le royaume des possibles – une quinzaine de mètres sans élan. Plus inquiétant encore, Natalia se réceptionna en plantant ses longs ongles dans les murs comme s'il ne s'agissait que de papier mâché.

Mais Kat avait déjà déguerpi du balcon et la vampire dut s'enfoncer dans les couloirs. La voie était libre.

Merry effectua une culbute silencieuse qui l'amena à la porte de la cellule. Le temps d'identifier la bonne clé parmi la dizaine du trousseau de Teodor, et voilà qu'elle se retrouvait aux côtés de Tristabelle.

— Merry ? É-vi-dem-ment… la salua froidement sa grande sœur.

— Tu n'as pas l'air contente de me voir, déplora Merryvère en refermant la porte.

— Je comptais – *enfin* – avoir mon bain. J'ai attendu toute la journée et je suis fu-rieuse. Quitte à arriver avec autant de retard, n'aurais-tu pas pu traînasser une heure de plus ?

Trois phrases bien senties et Merry regrettait déjà tout son sauvetage. Un vrai don.

— Tu peux marcher ? Courir, s'il le faut ?

— Bien sûr. La seule chose que je ne peux pas faire, vi-si-ble-ment…

— … c'est prendre ton bain, oui, j'ai compris ! Je t'en prie, Tristabelle, mets ça de côté ! Faut qu'on se dépêche de sortir !

— Tu ne crois pas si bien dire… ajouta Tristabelle, l'air enfin vaguement préoccupée par l'évasion. Pour l'instant, le manoir est presque vide car les Vermeils te cherchent dans toute la ville. Mais comme ces cervelles de sangsues pensent que *je* suis la monte-en-l'air de la famille – tu te rends compte, quand même, me confondre avec *toi ?* – et que la nuit est tombée, ils vont revenir en masse. J'ai entendu nos hôtes dépêcher des messagers.

— Alors, on file ! Sauf si tu comptes te faire mordre pour profiter de soins de beauté gratuits *ad vitam æternam*…

— Rejoindre les Vermeils ? Et ne plus pouvoir porter *QUE* mes robes du soir ? Ja-mais !

Maintenant qu'elle s'était assuré l'adhésion de Tristabelle, le plus dur était fait.

Merry avisa la baignoire vide, puis inspecta le fond de la pièce. Du métal blindait les volets, mais pas de barreaux à la fenêtre. Une chance.

Elle ouvrit les volets, défit son filin d'acier et l'attacha à la poignée de la porte. Elle pourrait la bloquer en coinçant le câble depuis l'extérieur et couvrir ainsi leur fuite. Merry n'était pas sûre que la manœuvre retarde beaucoup les Vermeils, surtout s'ils faisaient preuve des mêmes capacités athlétiques que Natalia, mais même une minute pouvait faire la différence.

Elle offrit ensuite à Tristabelle ses mitaines d'escalade.

— Serre bien le filin sur ta paume pour ne pas t'abîmer les doigts. Descends par petits bonds, les pieds bien à plat contre le mur. Surtout, ne te laisse pas glisser !

— Et je fais quoi une fois en bas, à part ôter ces horreurs ?

— Va là-bas (elle indiqua une pile de cercueils entreposés à l'angle du manoir, probablement des vieux modèles jetés aux ordures) et grimpe jusqu'à la maison voisine. On s'enfuira par les toits.

— Les toits ? rechigna Tristabelle. Ne pourrait-on pas marcher sur la chaussée comme des gens civilisés ?

— Trop risqué, répliqua Merry. Je ne connais pas assez bien les rues du quartier, alors que les Vermeils s'y repèrent à la perfection. Sur les toits, leur avantage disparaît.

— Moi, je sens que c'est ma nouvelle manucure qui va disparaître… Bref, on en rediscutera à la maison.

Tristabelle se lança dans la descente, jupons virevoltants et corolle de cheveux roux agités par la brise. Merryvère ne la quittait pas des yeux, redoutant une chute bruyante qui lui serait – comme toujours – reprochée. Mais sa grande sœur ne s'en sortait pas trop mal, à vrai dire. Moins à l'aise que sur une piste de bal ou un violon à la main, elle restait tout de même suffisamment dextre pour atteindre le sol sans se fouler la cheville.

— Merry, qu'est-ce que tu fiches, encore ? s'enquit Tristabelle depuis la rue.

— Shhh, moins fort ! la fustigea Merry. J'attends Katryan ! Elle est toujours à l'intérieur.

— Katryan ? Tu traînes encore avec cette *serveuse* ? Toi et tes fréquentations populaires ! Tu tiens bien cela de Mère…

***

Bien plus haut dans la bâtisse, Kat se préparait à rejoindre la cellule. Elle avait tourné et tourné dans les corridors pour semer ses poursuivants, renversant les lanternes, incendiant plus de rideaux, brisant les miroirs… Pour le moment, le stratagème avait bien marché : aucun Vermeil ne se trouvait sur ses talons. Toutefois, elle avait l'impression tenace d'être observée.

Elle jeta un coup d'œil au couloir qu'elle venait de quitter. Il était vide. Et pourtant… l'impression ne la quittait pas. Identique au plafond, le marbre blanc et noir du plancher s'insinuait parmi les ténèbres. Il semblait l'inviter à revenir sur ses pas.

Pour Kat, le temps des diversions était échu : elle fonça en avant, bifurqua à droite, puis à gauche, puis de nouveau à gauche. La jeune femme avait l'habitude d'évoluer dans les décors tordus du *Labyrinthe* et elle se repérait partout sans peine, même dans ce dédale. Elle se retrouva là où elle le souhaitait, au milieu du long corridor aux miroirs. Le long corridor où Merry et elle avaient réglé son compte au vamp…

Il n'était plus là.

Teodor-le-Pointilleux (ou le Poinçonné) brillait par son absence.

Malgré le frisson qui la saisit, Kat essaya de garder son calme. Beaucoup de lanternes avaient été cassées par ses soins, aussi les ombres s'épaississaient-elles profondément dans la galerie : peut-être que le corps se trouvait toujours ici, aplati dans l'obscurité ?

Ou peut-être pas.

Elle accéléra la cadence.

En passant devant un miroir couvert de taches, Kat eut la certitude de percevoir un mouvement au coin de son œil. Quelque chose de pâle, qui rampait sur une dalle de marbre noir. Elle fit volte-face, son coutelas brandi.

Rien dans le corridor.

Rien sur les miroirs.

Plus nerveuse que jamais, elle se précipita vers le balcon. De là, elle aperçut la porte de la cellule qui s'entrebâillait et le visage inquiet de Merry qui la cherchait des yeux.

Kat agita sa lame. Merry remarqua le geste et lui fit signe d'approcher au plus vite.

Rengainant le coutelas, Kat posa les mains sur le balcon, se prépara pour la descente et…

Ses cheveux se soulevèrent à l'arrière de son crâne, portés par un souffle soudain. Comme si un grand volume d'air venait de se déplacer d'un coup. Comme si quelqu'un venait de tomber dans son dos.

Alors, elle comprit.

Elle comprit ce qu'elle avait aperçu du coin de l'œil dans le miroir.

Elle comprit pourquoi le plancher du manoir ressemblait autant au plafond.

Elle comprit enfin pourquoi Dolorine lui avait dit de s'en méfier.

Mais comme pour la plupart des éclairs de compréhension, il était trop tard.

Kat vit les yeux de Merry s'agrandirent de frayeur et décida de donner un ultime conseil à sa disciple :

— SAUVE-TOI, MERRY ! COURS !

***

L'ongle de Natalia, un ongle effilé comme une lame de guillotine, ouvrit la gorge de Katryan de part en part. Incapable de traiter ce qu'il était en train de voir, le cerveau de Merryvère lui transférait des informations hachées, pleines d'une stupéfaction morbide :

Regarde, Merry ! Regarde donc comme le sang de Katryan paraît sombre sur la peau claire de la vampire ! Oh, c'est incroyable tout ce qu'il y a comme sang ! Quel est le volume de sang qui se déverse par la jugulaire de Kat, à ton avis ? Un litre, deux litres, dix litres ? Combien de temps lui faudrait-il pour remplir la baignoire (Fig. A) si le robinet (Fig. B) le fait en deux heures ? Hein, Merry ? Combien de temps ? Heureusement que les tenues de monte-en-l'air sont en cuir, Merry ! Le sang se lave très facilement sur le cuir. Même autant de sang ! N'es-tu pas heureuse de savoir que tes sœurs pourront très facilement laver ton sang, lorsque ce sera à ton tour d'y passer, Merr…

C'en était trop. Elle parvint tout juste à claquer la porte avant de rendre son maigre repas de la journée. Ses yeux la brûlaient, sa gorge était desséchée par un chagrin aussi vif qu'incrédule. Un chagrin que même le goût révoltant de la bile ne parvenait à supplanter.

Pourtant, elle se remit vite debout sans verser une larme, verrouilla la porte de l'intérieur, poussa la baignoire contre le battant et descendit jusqu'à l'avenue. Là, elle tendit le filin d'acier au maximum avant de l'attacher à une bouche d'égout. Déconcertant de facilité.

C'était une autre Merry qui accomplissait tous ces gestes, une Merry efficace et silencieuse. Elle avait pris le contrôle de son corps pendant que la Merry habituelle hurlait, criait, pleurait de toute son âme dans un recoin de son esprit. Quand cette Merry rejoignit Tristabelle, celle-ci n'osa pas rompre le silence.

JOURNAL SECRET ET MYSTÉRIEUX DE DOLORINE CARMINE

Volume 48

(P.-S. : Toujours interdit aux grandes sœurs !
Bas les pattes, Tristabelle !!!)

Date : Longhain, le 30 novencre 1888 (oui, encore !)

Cher journal,

J'ai du temps pour t'écrire ce soir finalement !

Merry et Katryan viennent de partir chercher Tristabelle. Ou des concombres, j'ai pas bien compris.

J'espère que Kat va faire attention, l'ombre de la Mort la suivait partout dans la maison. La dernière fois que je l'avais vue (l'ombre, pas Kat), elle suivait le facteur juste avant qu'il se fasse piétiner par Cerbêêêre, la chèvre à trois têtes de Madame Curare.

D'après Monsieur Nyx, ça sera l'occasion de voir si Kat a neuf vies comme les chats. Je me demande ce que les chats ont fait pour mériter neuf vies ? Est-ce que la chèvre de Madame Curare a trois vies ? Une par tête ? Est-ce que les limaces ont plusieurs vies, aussi ? Ce serait mieux pour Archibald...

En tout cas, moi, je n'ai qu'une vie (bon, peut-être deux, qui sait !) alors je te la raconte. Aujourd'hui, j'ai aidé l'Homme Bleu à retrouver sa famille. Enfin, juste sa femme. Mais ce n'était pas vraiment sa femme. Sa femme, c'est la Reine. Elle, il ne voulait pas la voir. D'après ce que j'ai compris, c'est comme Maman et tous ses différents maris, qui étaient parfois les maris d'autres dames, en fait.

Bref, l'Homme Bleu, il ne l'avait pas vue depuis tellement longtemps ! C'est parce qu'il était enfermé dans la belle boîte rouge avec la belle cuillère et qu'il ne pouvait pas sortir. Il pouvait quand même entendre les gens parler autour de lui, heureusement. On aurait eu du mal à la retrouver sinon... Et même comme ça, c'était pas facile. Il fallait aller aux Allées-Creuses et c'est pas la porte à côté !

J'ai quand même commencé par aller à la porte à côté parce que j'avais très faim et que parfois Colette Gibet me donne des bouts de ses tourtes au corbeau.

Mais notre voisine n'était pas là. Il y avait juste une croix blanche à la craie sur sa porte. Et plein de médecins de la peste qui aspergeaient les murs de chaux vive avec de gros pulvérisateurs en cuivre. Les médecins sont rigolos : avec leurs masques à long bec et leurs redingotes, on dirait des corbeaux géants qui portent des hauts-de-forme.

Un des médecins m'a demandé pourquoi j'étais là. J'ai dit que j'avais faim et que j'étais venue pour la tourte. Ensuite, il m'a demandé si j'avais mangé de la tourte ici ces derniers temps. J'ai répondu que non, pas depuis au moins une semaine, et que j'en avais très envie ! Alors, il m'a dit qu'il me donnerait un quignon de pain et des bâtons de réglisse. Mais uniquement si j'allais jouer ailleurs et que je disais à ma famille de m'enterrer dans de la chaux vive si je mourais dans les prochains jours. J'ai dit d'accord, même si j'aime pas trop la réglisse.

Après avoir mangé le pain (mais sans en donner à Monsieur Nyx qui était puni), j'ai pris le fiacre toute seule comme une grande.

C'est facile de prendre un fiacre. Il suffit de descendre jusqu'à la station de fiacres de la place du Trépasseur et d'en trouver un avec un client qui va là où tu veux aller aussi. Ensuite, il faut s'asseoir sur le marchepied pendant que le cocher ne regarde pas et bien s'accrocher. Bon, parfois on arrive dans des endroits plutôt bizarres... Et il faut marcher un peu quand même. Mais la plupart du temps, ça va. En plus, le marchepied, c'est super ! On a le vent dans les cheveux et y a de grosses flaques de pluie qui sont bien éclaboussantes ! Juste, quand on arrive, il faut pas traîner pour descendre car si le cocher te voit, il essaye de te donner des coups de fouet. Je descends toujours très vite car j'ai pas très envie d'en recevoir. Même si d'après Monsieur Nyx, les coups de fouet ça purifie l'âme, et que j'en aurais bien besoin. Mais il dit ça pour tout le monde, alors...

Pendant le trajet, l'Homme Bleu m'a expliqué l'adresse qu'il fallait trouver : la manufacture de soie arachnide de l'allée Perpétuelle. Il ne savait pas exactement où c'était. Monsieur Nyx non plus. Ni moi. Je savais juste qu'« arachnide » ça veut dire « araignée » mais en plus compliqué. Ça n'a rien à voir avec les cacahouètes, en tout cas. Ça, c'est « arachide ». Vaut mieux pas confondre les deux.

Quand on est arrivés à la station des Allées-Creuses, j'ai demandé à des cochers (pas celui du fiacre où j'étais montée bien sûr, pas si bête !) où c'était l'allée Perpétuelle. Mais ils n'étaient pas très gentils et ils sentaient le cognac et la chique. Ils m'ont juste dit d'aller mendier ailleurs. Il y avait aussi une grosse dame qui prenait le fiacre, alors je lui ai demandé. Mais elle m'a juste pincé la joue en souriant et m'a donné un lys de cuivre au lieu de me répondre. J'aime pas qu'on me pince la joue et j'aime pas du tout qu'on me prenne pour une mendiante ! Est-ce que c'est parce que j'ai dû recoudre le dos de ma robe avec de la ficelle à gigot ? Il n'y avait plus de bobine de fil à la maison.

On était tous découragés, même l'Homme Bleu. Alors on s'est assis sur des escaliers pour mâcher les bâtons de réglisse. La réglisse, ça a le goût du découragement.

Monsieur Nyx voulait que l'Homme Bleu possède un passant pour lui faire nous montrer le chemin. Mais l'Homme Bleu a dit qu'il ne savait pas comment ça marche, la possession. Monsieur Nyx s'est moqué de lui. Moi, je lui ai dit d'arrêter, parce que tout le monde ne peut pas savoir tout faire dans la vie. Alors dans la mort, c'est pareil. C'est vrai, quoi ! Par exemple, mes sœurs n'arrivent pas à voir les fantômes alors que c'est si facile. Et moi, je ne sais pas jongler avec les couteaux comme Merry ni casser les miroirs rien qu'en me regardant dedans comme Tristabelle (même si elle ne sait pas que je sais qu'elle peut faire ça). Chacun ses trucs !

Pendant qu'on attendait là, une carriole avec plein de grosses caisses s'est arrêtée pas loin de nous. J'ai remarqué que les caisses avaient un dessin d'araignée dessus à la peinture noire. Et aussi le mot « DANGER » à la peinture rouge mais ça, ça n'aide personne.

J'ai dit à l'Homme Bleu qu'avec de la chance, peut-être que la carriole allait à la manufacture de soie ~~arachide~~ arachnide. J'ai voulu aller demander au cocher le chemin mais il m'a juste grogné dessus. Il a dit qu'il était pressé, et aussi de dégager avant de me faire écraser par les chevaux. Alors, quand il allait repartir, j'ai sauté à l'arrière et j'ai soulevé le couvercle d'une caisse pour me cacher à l'intérieur. Bien sûr, c'était pas une excellente cachette. À cause de toutes les araignées.

L'important, avec les araignées à soie, c'est de bien rester immobile et de les laisser faire leurs toiles sans les déranger. Sinon, elles vous mordent méchamment parce qu'elles sont très parfaitionnistes. Ça veut dire qu'elles se mettent en colère contre la première personne qu'elles voient quand elles ratent quelque chose, comme Tristabelle.

C'est plutôt dur de pas bouger quand les araignées vous grimpent partout dessus avec leurs huit pattes bien poilues parce que ça chatouille. Heureusement, j'avais mis mes chevilles sous ma robe et Monsieur Nyx devant mon visage. Mais il y en a quand même une qui m'a mordue à l'oreille, juste sur le lobe ! Ça saignait pas mal et ça m'a fait un petit trou.

Mais j'ai pas pleuré, promis ! Bon... je peux bien te le dire à toi, mon journal : j'ai pleuré en fait. Mais juste un peu et en silence. Et puis au moins, maintenant je pourrai mettre les boucles d'oreilles de Maman comme Tristabelle. Juste une seule pour l'instant, ça me suffira.

Pendant que la carriole avançait, j'entendais le cocher crier sur les chevaux. J'ai pu apprendre plein de nouveaux jurons ! Je suis sûre que mes grandes sœurs vont être épatées. Et quand la carriole s'est arrêtée de bouger, je l'ai entendu insulter les rapiécés qui devaient décharger les caisses. C'était encore pire qu'avec les chevaux. Pourtant, ils faisaient du bon boulot. J'ai à peine senti leurs mouvements quand ils ont rangé ma caisse.

Au bout d'un moment, l'Homme Bleu m'a dit que je pouvais sortir de ma cachette. Il était temps ! J'ai failli ne pas pouvoir me dépêtrer, tellement la soie des araignées c'est solide. Je me suis vite secouée pour pas qu'elles puissent me mordre. Mais elles avaient l'air contentes de sortir, elles aussi. Je me demande où elles ont fait leur nid maintenant...

Il y avait tellement de rapiécés dans les couloirs de la manufacture que ça sentait le formol. Ils installaient les araignées dans des cages en forme de grosses bobines ou ils préparaient les métiers à tisser. Celles qui s'occupaient de filer la toile sur les métiers à tisser, c'étaient des dames bien vivantes. Tu aurais vu la tête qu'elles ont faite quand elles m'ont vue ! Il y en a même une qui s'est évanouie !

Moi, je leur ai dit que je cherchais Joséphine Lhortie (c'est le nom de la femme que cherchait l'Homme Bleu). La plus âgée des tisseuses m'a affirmé qu'il n'y avait aucune Joséphine dans l'équipe du matin : juste une Maggie Rotule (c'était elle et c'était la chef), une Albertine Moucheron (qui voulait me pincer la joue elle aussi, mais je l'ai pas laissée faire), une Lucienne Mélasse (elle sentait la chique comme les cochers), une Bénédicte Sanseigneur (elle se tenait un peu à l'écart pour aider l'évanouie) et une Pétronille Pleurette (celle qui s'était évanouie). Maggie a dit que peut-être dans l'équipe de l'après-midi ou dans l'équipe du soir...

Alors l'Homme Bleu m'a chuchoté (façon de parler : elles ne pouvaient pas l'entendre) que celle qui s'appelait Bénédicte, eh ben, c'était elle Joséphine ! Il l'avait reconnue bien entendu. Je me suis plantée devant elle et je lui ai dit qu'il y avait quelqu'un qui avait fait un long chemin pour la voir. Elle a fait l'innocente et elle a dit qu'elle ne comprenait pas de quoi je parlais. Moi j'ai bien vu dans ses yeux qu'elle comprenait, et elle a vu dans mes yeux que je comprenais qu'elle avait compris. On aurait pu rester là comme ça, à se comprendre et à se re-comprendre pendant des siècles... mais heureusement le carillon de l'usine a sonné pour débloquer tout ça !

Les tisseuses se préparaient à remballer leur attirail et Pétronille Pleurette commençait à retrouver ses esprits. Madame Joséphine a dit que tant qu'à faire, et puisque sa journée de travail était finie, elle allait me ramener dehors pour pas que Pétronille risque de s'évanouir de nouveau en me voyant. En vérité, on est revenues jusqu'à chez elle car elle ne voulait pas qu'on parle dans la rue. Trop de rapiécés, d'après elle. Madame Joséphine pense qu'ils espionnent pour les Sépulcres. J'ai voulu lui dire qu'elle n'avait rien à craindre des rapiécés car ils sont trop désorientés sans leur âme pour faire de bons espions. Et aussi qu'elle devrait plutôt se méfier des spectres. Ils sont invisibles, eux, et ils peuvent tout raconter si on sait leur parler. Mais j'ai préféré ne rien dire du tout pour pas qu'elle soit encore plus affolée.

On est donc rentrées jusqu'à chez Madame Joséphine.

Et tu sais pas où c'était ?

Sur la place des Allées-Creuses ! Tout ce chemin pour rien !

Monsieur Nyx était furieux. Moi je m'en fichais de remarcher jusque-là, mais les sept étages d'escaliers par contre...

Madame Joséphine habite dans un vieux grenier juste sous les toits. C'est propre, mais pas très grand et pas décoré du tout. Ça sentait le thé et la tristesse. Comme une cellule de prison, d'après Monsieur Nyx, mais sans les barreaux. Elle a pas l'air d'avoir une vie facile, Madame Joséphine. Elle a de grands yeux effrayés qui regardent toujours partout à la fois, même au plafond. C'est sûrement pour ça qu'elle a plein de rides alors qu'elle n'est pas si vieille que ça. Tristabelle dit qu'il ne faut jamais s'inquiéter de rien, sinon on a des rides en forme de pattes de corbeaux. Je me demande si on peut avoir des plumes de corbeaux aussi, si on s'inquiète vraiment beaucoup... Ça serait chouette, on pourrait voler ! Mais peut-être qu'on serait trop inquiet pour avoir envie de voler ? C'est compliqué tout ça...

Madame Joséphine m'a fait m'asseoir sur un tabouret qui avait un pied plus court que les deux autres. Ensuite, elle a nettoyé le petit trou à mon oreille et le sang sur le col de ma robe. Pendant qu'elle faisait ça, l'Homme Bleu n'arrêtait pas de la regarder. Son visage était très ému. Si ému qu'il virait du bleu au violet. Il m'a dit de lui dire que Basile était heureux de la revoir et que sa beauté n'avait pas pris une ride. J'ai hésité, parce que :

1. C'est qui ce Basile ?

2. C'était un mensonge : sa beauté avait pris plein de rides, comme je l'ai déjà expliqué. C'est pas bien de mentir !

Mais pour finir, je l'ai fait quand même. Madame Joséphine est devenue aussi blanche que le pansement qu'elle voulait me coller sur l'oreille. J'ai cru qu'elle allait tomber dans les pommes comme Pétronille Pleurette. Tiens, ça me fait penser ! Pourquoi on dit « tomber dans les pommes » ? Les pommes, c'est haut dans les arbres. Et quand on tombe, c'est tout en bas, sur le sol. On a plus de chances de tomber sur des pommes de terre. D'ailleurs, beurk ! J'en ai <u>toujours</u> marre des patates.

Donc, Madame Joséphine était bouleversifiée. L'Homme Bleu m'a dit de lui dire qu'il la serrerait bien dans ses bras mais...

J'ai eu une bonne idée : je l'ai fait à sa place !

C'était un peu bizarre mais ça leur a fait plaisir à tous les deux. À moi aussi, bien sûr. C'était presque comme avec Maman. Ensuite, j'ai fait la conversation entre eux pendant que Madame Joséphine enlevait les toiles d'araignée de mes cheveux et de ma robe. Mais il y en avait beaucoup trop pour finir avant que je doive rentrer (d'ailleurs, je viens encore d'en retrouver derrière mon oreille en mettant mon pyjama).

Ils ont parlé de plein de choses, et même si j'ai tout entendu, je n'ai pas tout écouté. Ben oui, Madame Joséphine m'avait préparé des gâteaux au sucre glace ! De toute façon c'est privé, alors je peux rien répéter. Même à toi, mon super journal.

Bon, allez... Je peux t'en dire un peu quand même ! Mais si quelqu'un d'autre essaye de lire, referme-toi et pince-lui les doigts !

Alors donc, l'Homme Bleu (j'ai compris que c'était lui « Basile » à force) a demandé des nouvelles de son fils. Il a dit qu'il l'avait entendu de temps à autre depuis sa boîte et que sa voix semblait toujours pleine de détermination. Ça le remplissait de fierté, même sans l'avoir jamais vu. Madame Joséphine lui a répondu qu'il s'appelait Blaise, que c'était un beau jeune homme et aussi le meilleur fils qu'on pouvait avoir. Elle ne le voyait pas souvent car il était otage de la Maison Vermeil, comme elle de la Maison Sépulcre. Mais elle savait qu'il faisait des études pour être assassin et qu'il avait rarement du temps libre. J'ai compris pourquoi elle était fière. D'après Tristabelle, c'est une bonne situation, assassin. Elle incite toujours Merry à assassinayer des gens pour gagner plus de sous. Mais Merry ne veut pas. Elle dit qu'il y a déjà suffisamment de façons de mourir à Grisaille sans qu'elle ait besoin d'en rajouter.

Madame Joséphine a aussi affirmé que Blaise n'avait pas du tout envie d'être roi. Bien au contraire, il essayait de faire son possible pour récupérer la petite cuillère en argent afin de la détruire. Il voulait juste être libre et que plus personne ne puisse manipuler sa vie.

Ensuite, elle a demandé si je pouvais lui laisser la cuillère, d'ailleurs. Moi je voulais bien, mais l'Homme Bleu a réfléchi et m'a dit de ne pas le faire. D'après lui, détruire la petite cuillère ne suffirait pas à donner à Blaise et Madame Joséphine une vie tranquille car quelqu'un au courant du complot pouvait prévenir la Reine de leur existence, et elle les traquerait sans répit. Alors il a dit qu'il avait une meilleure idée.

Je voulais qu'il l'explique à Madame Joséphine mais comme il commençait à être tard, je devais rentrer avant la nuit sinon j'allais me faire disputer. En plus, il n'y avait plus de gâteaux.

L'Homme Bleu a fait ses adieux à Madame Joséphine et elle s'est mise à pleurer. Pour la consoler, je lui ai expliqué qu'ils se reverraient sûrement quand elle serait morte ! Ça n'a pas eu l'air de la consoler beaucoup... Alors je lui ai fait un bisou. Ça marche toujours, les bisous.

Madame Joséphine m'a raccompagnée jusqu'à un fiacre et elle a même payé le cocher ! C'était la première fois que je montais dans un fiacre. Les fauteuils sont bien moelleux et il y a des journaux. Les articles sont un peu barbants mais il y a plein de gravures marrantes aussi, surtout dans la rubrique nécrologique. En plus, comme on n'est pas obligé de s'accrocher pour pas tomber (comme sur le marchepied), on peut faire de chouettes grimaces aux passants !

Monsieur Nyx a dit que voyager en fiacre est un luxe de « Des-qu'à-dents ». Ce sont des monstres qui n'ont que des dents, je suppose. Peut-être des sortes de goules ? Ou des ogres de placard ? En tout cas, Monsieur Nyx aussi faisait des grimaces aux passants donc bon, quel hycopri... hiporic... hictropyt... Il est de mauvaise foi quoi !

Pendant le trajet, l'Homme Bleu m'a expliqué le début de son plan pour aider Madame Joséphine et son fils. Tout d'abord, il fallait trouver la plus grosse limace possible. Je sais pas ce que t'en penses, Journal... mais pour moi, un plan qui commence comme ça, c'est forcément un bon plan !

Je suis repassée par la maison pour récupérer un gros bocal (celui où il y avait la confiture d'abricots). Personne n'était rentré pour le moment, ouf !

Puis je suis allée farfouiller dans les fourrés autour de l'étang du père Calamiteux. C'est là où j'ai attrapé Archibald. Ensuite, pour la suite du plan, il faut...

Oh ! la bougie est en train de s'éteindre !

Ça veut dire qu'il est très très tard, dis donc ! Je ferais mieux de me mettre au lit !

À demain mon journal !

XV

LES POURSUIVANTS NE SE LAISSAIENT PAS DISTANCER.

Merryvère pouvait les voir au loin, silhouettes véloces qui bondissaient entre les flèches des bâtiments. Elle avait espéré qu'ils abandonneraient la traque une fois sortis du quartier Vermeil, mais ils ne lui donnèrent pas cette satisfaction.

La lune s'était levée. Sa pâleur glauque cascadait des arcades exubérantes, ruisselait sur les façades surchargées de vitraux et de rosaces, inondait les voûtes en ogives, suintait enfin parmi les travées labyrinthiques qui délimitaient les profondes rues de Grisaille. Sans ces flaques de lune poisseuses, les chandelles filtrant à travers les volets et les rares lanternes aux balcons n'auraient pas permis aux jeunes filles de distinguer le vide du sol. L'éclairage était donc bienvenu, même s'il réduisait à néant leurs chances de se cacher dans un pan d'ombre et d'y attendre que les chasseurs se lassent.

Merry remarqua vite qu'elles se dirigeaient dans la mauvaise direction : elles s'enfonçaient dans la Haute-Ville, loin, trop loin de la sécurité relative des bas-quartiers qu'elle connaissait bien mieux. Pourtant, grâce aux toits blancs ornés de statues et de verrières ouvragées – l'architecture caractéristique de la Maison Marbre – elle savait à peu près où elle se trouvait. Le problème venait des opportunités de semer les poursuivants, pas de son sens de l'orientation.

Dans la Basse-Ville, Merry connaissait les planques que les monte-en-l'air utilisaient pour échapper aux gardes, ainsi que toutes sortes de chausse-trapes : les cheminées creuses où tendre une embuscade, les tuiles savonnées, les passerelles de bois destinées à s'effondrer sous les importuns…

Ici ? Rien. En plus, elles avaient épuisé presque toute leur avance. La robe à fronces et les talons hauts de Tristabelle n'étaient vraiment pas des plus pratiques pour crapahuter sur les toits.

Pendant qu'elle courait, Merry passait en revue les larcins qu'elle avait commis dans le coin : quelques tableaux et, en une occasion, d'exquises sculptures qui avaient exigé quatre mains pour les porter. Katryan lui avait alors prêté les siennes. Mais Kat était…

Non. Elle ne s'autorisait pas à y songer. Avant tout, elle devait garder la tête froide, rester maîtresse de ses émotions, mettre de l'ordre dans ses pensées, se concentrer sur la voie… qui disparut brutalement devant elle !

Séparé par un dénivelé de trois bons mètres, le toit sur lequel elles se trouvaient ne jouxtait pas le suivant. Les tuiles de marbre créaient une dangereuse illusion d'optique sous le clair de lune.

Les réflexes de Merry la sauvèrent de la chute malgré sa distraction. Un moulinet des bras, une torsion sèche du bassin, et la voilà qui retrouvait l'équilibre. Tristabelle, qui la suivait de près, ne fut pas aussi agile : elle bascula dans le vide.

D'instinct, Merry lui attrapa le bras pour la tirer en arrière. Mais entraînée par l'élan de sa sœur, elle perdit son aplomb, heurta le parapet des genoux, glissa par-dessus le rebord et s'y accrocha de sa main libre. Elle entendit un craquement, celui des articulations de ses épaules. Le poids de Tristabelle combiné au sien lui arracha un râle. Heureusement, ses muscles tinrent bon. Pour le moment.

Les fuyardes se retrouvèrent en suspension, prêtes à se casser la figure sur les carreaux d'une verrière en contrebas.

— *Aouf!* Comment fais-tu pour peser aussi lourd en mangeant aussi peu ? se plaignit Merry.

— Ça s'appelle avoir des formes ! objecta Tristabelle. Dépêche-toi de nous remonter avant que je ne perde mes souliers…

— Je n'en ai pas la force, Trista ! Aide-moi à faire balancier avec tes jambes. Tu devrais pouvoir atteindre le toit de la soupente, là, sur ta droite.

— J'ai l'air d'une acrobate, peut-être ? Je ne suis pas ravie, Merry ! Pas ravie DU TOUT !

— Tes objections sont bien notées et dûment enregistrées, rétorqua crânement sa sœur.

En dépit des protestations d'usage, Tristabelle s'acquitta de la manœuvre. Merry la lâcha dès que le balcon fut sous ses pieds.

— Très bien ! Maintenant, essaye de remonter par le côté. Je te rejoins tout de suite.

Elle allait se hisser sur le toit lorsqu'une corneille à corniches sortit d'une tuile creuse. Le volatile piailla d'indignation et se mit à lui picorer les doigts.

Comme les corbeaux et les corbains, les corneilles à corniches étaient une énième espèce d'oiseaux noirs qui pullulaient sur les toits de Grisaille – une de plus, prête à vous gâcher votre existence de monte-en-l'air. De nature très territoriale, elles n'hésitaient pas à s'en prendre aux intrus qui empiétaient sur leur nid.

Merry essaya de s'accrocher tant bien que mal, mais le bec irascible finit par lui faire lâcher prise.

Elle dégringola les trois mètres qui la séparaient de la verrière, sentit brièvement ses reins frapper les carreaux de plein fouet et fracassa le vitrage.

La jeune fille retrouva ses esprits dans un jardin d'intérieur. Un arbre – un saule geignard – avait amorti sa chute. C'était bien la première fois qu'elle était heureuse d'en voir un planté dans le décor.

Merry essaya de remuer bras et jambes. La douleur fut intense, mais elle l'accueillit avec soulagement : rien de cassé ou de paralysé ; les éclats de verre n'avaient lacéré que le cuir de sa tenue. Elle commençait à avoir l'habitude des atterrissages en catastrophe. Et cette fois, le jardin ne se composait pas de plantes carnivores prêtes à lui mordre les fesses, contrairement à sa mémorable intrusion dans une résidence Du Lys le mois passé…

Plusieurs arbres se dressaient dans la pièce circulaire – des ormes de taille réduite et davantage de ces horribles saules pleurnichards qui infestaient la ville. D'autres buissons odorants aux fragiles fleurs blanches (des chèvrefeuilles, peut-être ? Les connaissances botaniques de Merry n'étaient guère reluisantes...) s'avachissaient entre trois bancs de marbre. Du lierre épais couvrait les murs, les avalant presque.

Merry constata qu'elle n'était pas seule dans le jardin : les buissons cachaient – mal – des hommes parmi leurs feuilles. Elle eut un mouvement de recul en se découvrant ainsi cernée. Son dos heurta le tronc du saule.

Les hommes n'esquissèrent pas le moindre geste.

Merry remarqua alors à quel point leur peau paraissait blanche sous le disque lunaire, presque brillante. Elle soupira, plus sereine : aucun homme ne se dissimulait dans les buissons ; c'étaient les buissons eux-mêmes qui poussaient autour d'hommes de marbre – des statues.

Tout de même, les silhouettes sculptées présentaient un réalisme inquiétant, surtout dans les expressions torturées de leurs visages. Sauf un, qui gâchait toute la composition en tirant la langue à travers un sourire d'imbécile.

Maintenant assurée que les voyeurs resteraient bien de marbre face à son intrusion, Merry se mit à réfléchir à la meilleure façon de remonter jusqu'au toit.

Elle était plongée dans ses estimations d'élan et de hauteur quand un bruit lui fit dresser l'oreille ; le déclic d'une poignée de porte. Il provenait du fond obscur de la pièce, là où le trou dans la verrière n'éclairait plus grand-chose.

Le déclic fut suivi d'un autre son :

Ssrk.

Les cheveux de Merry se dressèrent sur sa nuque. Elle connaissait ce son, sans pouvoir précisément mettre le doigt dessus. Le bruit qui s'en rapprochait le plus était celui d'une noisette frottée contre une râpe à fromage. Mais les noisettes et les râpes à fromage, même les plus maléfiques, ne la faisaient d'ordinaire pas frissonner… Alors quoi ?

Merry déglutit bruyamment, avant de questionner l'obscurité :

— Y a quelqu'un ? Je vous vois !

Un mensonge éhonté ; elle n'y voyait goutte. Elle espérait juste que sa voix soit suffisamment assurée pour convaincre son visiteur du contraire.

De nouveau, le son s'insinua dans l'obscurité.

Sssrk, ssrk, sssrk.

— Je vous vois, répéta Merry sans conviction. Et je suis armée !

Ça au moins, c'était vrai. Elle fit doucement glisser deux dagues en argent dans ses mains.

Sssssrk.

Merry devinait une ombre de taille humaine dans le noir. Une voix confirma ses suspicions :

— Un petit oiseau a mis les pieds dans mon jardin. Cela faisait… Oh ! longtemps.

La voix était féminine, douce, et si décontractée que Merry fut immédiatement certaine du danger. Les gens normaux n'accueillaient pas les visiteurs nocturnes ainsi.

— Un accident, je vous assure ! s'excusa Merry en reculant davantage contre le saule, son visage baigné par la lune.

— Oh ! répéta la voix sur un ton moins enjoué. Mon petit oiseau est une petite oiselle. Navrée, mais je ne reçois que des hommes dans mon jardin. (La voix marqua une pause.) Mais tu es si jolie… Une exception, peut-être…

Ssssrk, Ssssrk.

Le son continuait à chaque pas de l'ombre, qui devenait une silhouette en se rapprochant de Merry. Cette dernière persistait à se disculper :

— Je suis désolée pour le trou ! Mais il y avait cette corneille... Et ma sœur qui...

— Allons bon ! protesta Tristabelle depuis le toit. Je rêve ou c'est censé être ma faute ?

Descendue jusqu'à la verrière, la jeune fille se penchait par le trou.

— Tristabelle ! Aide-moi à remonter ! la conjura Merry. Vite ! Vite !

Après un instant sadique de réflexion, sa grande sœur lui tendit la main. Merry commença à grimper pour aller la saisir, mais elle s'immobilisa d'un coup : la silhouette avait atteint le cercle de lumière et fixait Tristabelle avec une intensité envieuse.

— Quelle beauté ! J'étais belle, moi aussi. Si belle... Je pouvais sortir, aller danser tous les soirs ou faire salon. Et les hommes... Maintenant je dois rester ici. Mes anciens beaux viennent parfois me rendre visite. Mais mes nouveaux compagnons ne les laissent jamais repartir. Alors les langues fourchent et serpentent. Et plus personne ne vient me voir. Oh...

Les sœurs contemplaient enfin la maîtresse du jardin et de ces statues.

Trente ans – trente-cinq, tout au plus –, elle portait une délicieuse chemise de nuit en soie d'araignée et appartenait à la Maison Marbre à coup sûr : le nid de serpents sur sa tête ne trompait pas. Bien vivants, ils dansaient une sarabande de nœuds visqueux là où auraient dû se trouver ses cheveux.

Ssssrk, ssrk.

Les reptiles avaient des écailles brunes et or, parfois bigarrées. Certains d'entre eux portaient des colliers en perles de bois qui s'entrechoquaient dans leurs contorsions.

Ssrk, sssrk.

Merry découvrait ce monstre magnifique surgi de son enfance avec un mélange d'horreur et de fascination. Elle avait souvent entendu les contes sur les gorgones de la Maison Marbre. Il s'agissait toujours de très belles jeunes filles, gracieuses, intelligentes et accomplies – des gravures de perfection, en somme – qui, du jour au lendemain, se voyaient pousser des serpents sur le crâne.

La raison de cette métamorphose n'était connue que de la Maison Marbre elle-même. Aussi les mères de Grisaille improvisaient-elles souvent une explication à des fins éducatives, tout en se gardant bien de dire à leurs bambins que la transformation n'intervenait que chez les Marbres. Certaines affirmaient que les gorgones avaient été punies parce qu'elles étaient trop fainéantes et refusaient de faire leurs corvées ; d'autres soutenaient qu'elles étaient devenues des monstres parce qu'elles avaient donné leur cœur à la mauvaise personne…

Selon leur mère à elles, c'était parce que les gorgones ne mangeaient pas assez de légumes.

Tristabelle et Merryvère s'étaient forcées plus d'une fois à finir sans broncher leurs assiettes d'infâmes choux-fleurs, terrifiées à l'idée de peigner un jour leurs cheveux et d'y sentir des écailles.

Mais ce que Merry avait toujours trouvé le plus déroutant dans les racontars de Maman à propos des gorgones, c'était que les orvets, vipères et aspics ne les rendaient pas moins belles, bien au contraire. La présence des serpents sublimait leur beauté jusqu'à cette très fine frontière entre l'exotisme et l'étrangeté, le charme et la hideur. Maintenant qu'elle en avait une sous les yeux, Merry devait bien constater que sa mère ne lui avait pas menti.

Pour autant, la Maison Marbre refusait de les exposer au monde extérieur, quitte à les séquestrer dans des demeures somptueuses où les gorgones finissaient par perdre les derniers vestiges de leur humanité.

La maîtresse des lieux n'avait pas échappé à cette règle : sous ses traits splendides couvait un regard aussi prédateur que les reptiles maintenant dressés sur sa tête. Ils se préparaient à fondre sur Merry.

La menace des serpents la tira de sa contemplation. Pour échapper à leur morsure, la jeune fille feignit de charger la gorgone, qui recula par réflexe.

Les crocs se refermèrent sur du vide.

Merry aurait pu s'enfuir dans l'instant, mais à force de baigner dans l'arôme des plantes du jardin, un plan pour échapper aux Vermeils avait germé dans ses méninges : elle arracha une branche pleine de fleurs odorantes au buisson le plus proche, puis escalada le tronc du saule à toute allure.

— Mais qu'est-ce que tu fabriques ? gronda Tristabelle. Tu crois que c'est le moment de confectionner un bouquet ?

— Remonte-moi ! dit Merry en lui attrapant la main. Tire ! Tire !

Tristabelle la souleva avec une force surprenante. Les genouillères de Merry cognèrent contre les morceaux des carreaux, égratignant davantage le cuir, mais elle finit par s'effondrer dans les bras de son aînée. Elles restèrent prostrées ainsi, le temps de reprendre leur souffle.

Les sœurs sursautèrent soudain aux sons sinueux des serpents qui sifflaient sèchement sous elles, jusqu'à ce que s'élève cette supplique :

— Restez ! Restez, s'il-vous plaît ! les implora la gorgone sur un ton fragile, brisé par la solitude. Je vous préparerai du thé ! On mangera des tartes au miel et des fraisiers ! Revenez ! On discutera chiffons et on deviendra de très bonnes amies ! Je vous ferai des robes ! Je vous composerai des poèmes ! Je vous en prie ! Je suis si seule ! Si seule ! Si seule…

— Dégotez-vous d'abord un bon coiffeur ! la tança impitoyablement Tristabelle.

Une fois à l'écart du trou, Merryvère tendit à sa sœur une moitié de branche.

— Frotte-toi avec ça, la pressa-t-elle en faisant de même avec sa propre moitié. Ça devrait couvrir notre odeur auprès des Vermeils. Enfin, j'espère !

— Quelle fragrance bon marché… dit Tristabelle en reniflant le végétal. Même si ça fonctionne un temps, ne vont-ils pas suivre ensuite cette odeur ?

— On ne va pas rester sur les hauteurs. On n'avance pas assez vite. On va descendre.

— Comme je l'avais proposé depuis le début, je te ferais remarquer !

Merry ignora cette saillie.

— Grâce au trou dans la serre, tout le toit va bientôt être imprégné du parfum des buissons. Ça devrait masquer nos traces. Ils penseront que nous sommes à l'intérieur.

— Et lorsqu'ils descendront pour vérifier ? Et qu'ils ne nous trouveront é-vi-dem-ment pas ?

— Ben, on devrait avoir récupéré de l'avance sur eux. Et quelque chose me dit que notre nouvelle « amie » leur réservera un accueil dont ils se souviendront.

Sitôt frictionnées, les Carmines dévalèrent gouttières et balcons pour rejoindre les pavés au plus vite.

Un dernier regard vers la serre, cependant : Merry avait des scrupules à attirer les vampires chez la propriétaire du jardin. Serpents ou pas serpents, les Vermeils étaient bien plus nombreux qu'elle.

Méritait-elle ce péril, simplement pour avoir désiré un peu de chaleur humaine ?

La devise de Grisaille lui revint alors en mémoire : « *Quid non occiderem occidisti primum* », « Ce qui ne vous tue pas est ce que vous avez tué le premier »…

Merry se ravisa donc, mettant son accès de sensiblerie sur le compte de ce qui venait d'arriver à Katryan.

La jeune fille souhaita juste que la gorgone ait toute la compagnie qu'elle désirait ce soir… et plein de nouvelles statues pour décorer son jardin.

XVI

Les clochers sonnèrent douze coups interminables, ravageant la nuit.

Les jeunes filles progressaient maintenant vers le nord-est. Merry les faisait avancer selon des tours et des détours compliqués pour masquer leurs traces. Elle avait de plus en plus de difficulté à se repérer depuis le sol, gagnée par son mal de terre insidieux.

Il se ressentait tout particulièrement dans les faubourgs de la Maison Tourmente, où elles se trouvaient à l'heure actuelle et où les bâtiments tout en pointes réduisaient les piétons à l'état de cafards perdus dans une coutellerie. Le mot d'ordre était ici « verticalité ». Pas « confort » ou « harmonie », ou même « esthétique ». Certainement pas « joie-de-vivre »… Non, « verticalité ».

Le quartier entier semblait la proie d'une vaste compétition pour le titre du bâtiment le plus haut de Grisaille. Et quand les architectes se trouvaient à court de pierre, ils n'hésitaient pas à rajouter des paratonnerres sur les flèches des manoirs. La foudre tant convoitée frappait les tiges de laiton même lorsqu'il ne pleuvait pas, transformant les cieux en fresque épileptique et alimentant des laboratoires pleins d'expériences contre nature. Les Tourmentes aimaient pratiquer leur « science » à toute heure et avec tout ce qui leur tombait sous le scalpel…

Merry avait l'impression persistante de s'être trop enfoncée vers les résidences à force de louvoyer. Elle aurait volontiers fait fi de toute prudence et demandé son chemin à un passant (ce qui se soldait neuf fois sur dix par un crime) mais la chaussée était totalement déserte : clochards, mendiants, aguicheuses, soûlards en goguette… toute la faune des allées nocturnes semblait s'être évanouie sans laisser de traces. Depuis minuit, seuls les talons de Tristabelle rompaient le silence en cognant rageusement les pavés.

Merry se remémora l'ordre des quartiers de la Haute-Ville : Terne et Vermeil à l'ouest ; Marbre et Tourmente au nord ; Forge-Rage et Du Lys à l'est ; Gemini et Sépulcre au sud. Un découpage en cadran solaire, ironiquement, où la falaise portant le palais royal aurait été l'axe central. Les sœurs auraient pu obliquer à tout moment vers le centre pour rejoindre la demeure familiale, mais était-ce vraiment une bonne idée ? Merry préférait d'abord s'assurer qu'elles n'étaient plus suivies. Pour cela, elle comptait traverser encore un quartier ou deux.

Après un quart d'heure d'errance, son plan fut interrompu par une impasse. Merry s'accouda à l'une des grandes grilles austères qui entouraient tous les bâtiments des environs. Tandis qu'elle réfléchissait au meilleur chemin à prendre, elle entendit – ou crut entendre – des cris perçants. Puis, plus rien. Était-ce simplement son imagination qui…

— Merry…

— Je ne suis pas perdue ! répondit-elle en sursautant.

— Je n'ai rien dit de tel, répliqua Tristabelle. Je voulais juste avoir la confirmation que nous sommes bien dans le quartier Tourmente.

D'autres cris montèrent aux oreilles de Merry. Mais rien en vue, ni dans les ruelles ni sur les toits. Juste le chœur lointain des éclairs captifs.

— Oui, nous y sommes en plein… À quelques encolures des manoirs du baron Darcy et de la comtesse Fiona, je dirais. J'espère que tu ne comptes pas essayer de rejoindre ton gala de charité, anticipa Merry. C'est trop risqué !

— Oh non, il est trop tard pour le bal. Et crois-moi, nous en reparlerons en temps et en heure. Pour l'instant, il faudrait que…

Merry n'écoutait qu'à moitié. Les cris se multipliaient, plus de doute possible.

Un cours du soir en hurlements ? spécula-t-elle.

À la mode chez les jeunes filles de la noblesse, les cours de hurlements avaient progressivement remplacé les cours de maintien en réponse à la montée des agressions. Ne pouvant leur enseigner le pugilat ou l'escrime des messieurs par souci des convenances, les notables avaient fini par trouver *LA* solution : il suffisait d'apprendre à leur progéniture du beau sexe à se battre comme des filles.

Et quand on se bat comme une fille… on ne s'encombre pas d'honneur ou de panache. On donne des coups pour casser, perforer, réduire en bouillie. On frappe là où ça fait le plus mal. Et on hurle. Furieusement. Même pour les plus timorées, celles qui refusaient de lever le bras ou le pied pour autre chose qu'une tasse de thé ou qu'une valse, le hurlement était devenu un gage fondamental de sécurité.

Pour être efficace, un bon hurlement devait être clair, aigu à en briser le verre, puissant à faire saigner les tympans – un vrai hurlement de banshee. Bien exécuté, il pouvait désorienter un agresseur potentiel ou attirer une âme charitable jusqu'à vous.

Bon, naturellement, les « âmes charitables » de Grisaille venaient rarement jusqu'à la source d'un hurlement pour donner un coup de main… Plutôt pour faire les poches des cadavres ou achever les survivants.

Bien qu'elle fasse partie des rares âmes réellement charitables, Merry se rendit vite compte que sa théorie ne tenait pas : les hurlements qu'elle entendait sortaient de gorges masculines. Et puis, il y avait cette drôle d'odeur… Cette odeur subtile qui commençait à monter jusqu'à elle et qui évoquait la vanille. Elle se demanda un instant si elle n'était pas en train de devenir folle.

— … ce gaz toxique à la fin du gala. Voilà pourquoi on devrait se dépêcher de quitter le quartier im-mé-diatement, acheva Tristabelle.

— Oui, oui, si tu veux, acquiesça Merry, toujours distraite par les cris. Attends, quoi ? *« Gaz toxique » ?!*

— Je viens de te l'expliquer ! Le gaz toxique que les Tourmentes libèrent dans tout le quartier vers minuit, juste après le bal ! Pour désinfecter les rues et tuer la vermine indésirable : rats, chiens errants, clochards... Comme à chaque fin de mois !

— Mais tu as dit que c'était un bal de *charité* !

— Oui, un bal de charité CONTRE les miséreux. Pas POUR les miséreux. Tu ne m'écoutes jamais ou quoi ?

Un grondement s'éleva au bout de l'impasse, les faisant se retourner. Devant leurs yeux, un soupirail explosa sous la pression d'un troupeau de rats. Non, pas un troupeau : un déluge de rats. Il y en avait des centaines ! Portés par leur instinct de survie autant que leurs toutes petites pattes, ils se mirent à courir comme un seul et se faufilèrent entre les pieds des jeunes filles en couinant à la mort.

Tristabelle retroussa sa jupe d'un air dégoûté.

— Ose me dire que les Tourmentes n'ont pas raison, après ça ! (Elle laissa retomber son jupon et poursuivit tranquillement son argumentaire.) Donc, l'argent récolté pendant le gala sert à renouveler les stocks de gaz pour le mois suivant. C'est que ça coûte cher, l'acide chlorhydrique ! Sans parler des cuves d'extrait de vanille pour lui donner ce parfum agréable. C'est Desmond Tourmente, le fils du baron Darcy, qui m'a tout raconté en détail. Il est plutôt mignon, d'ailleurs, dans son...

— Tristabelle... Tais-toi et cours ! Suis les rats !

Merry l'entraîna dans une rue perpendiculaire sans lui laisser le temps de protester.

L'odeur de vanille se faisait de plus en plus forte.

Un brouillard jaunâtre commençait à envahir les ruelles.

Elles croisèrent la route d'un mendiant unijambiste et Merry le regarda claudiquer avec horreur vers elles, aussi vite que ses béquilles le lui permettaient.

C'est-à-dire pas assez vite *du tout*.

Le brouillard happa le malheureux.

Il beugla une plainte abominable – un 18 sur 20 à n'importe quel cours de hurlements – puis sa silhouette se décomposa dans le tourbillon acide, ses membres tombant au sol les uns après les autres. Merry vit distinctement ses béquilles tenir une fraction de seconde toutes seules, en défi à la gravité, avant de choir à leur tour.

Elle détala dans la direction opposée.

Le quartier Tourmente se transformait en concerto de vagissements et de bruits de fuite : ceux du gaz qui s'échappait des grilles d'égout et des soupiraux ; ceux de la cavalcade des humains et des animaux qui tentaient d'échapper au gaz.

Les sœurs déguerpissaient chaque fois qu'elles apercevaient la brume corrosive au coin des rues, se sentant peu à peu aussi piégées que les rats qu'elles talonnaient.

Les résidents avaient bien préparé les lieux : des palissades de tôle, des tonneaux et des caisses pleines de sable étaient dressés partout, bloquant les avenues et transformant les carrefours en clapiers mortels. Les immenses grilles qui clôturaient tous les bâtiments empêchaient d'accéder à la sécurité des hauteurs, à moins de préférer s'empaler sur leurs pointes effilées pour échapper aux affres du gaz.

Bravo ! Du beau boulot, vraiment ! Vous pouvez être très fiers de votre vie de quartier !

Merry imaginait les Tourmentes, bien à l'abri de leurs demeures, sirotant du brandy et fumant la pipe devant leurs fenêtres pour savourer le spectacle de la dératisation humaine…

À force de courir à en perdre haleine, un point de côté la gagna. Tristabelle ne s'en sortait guère mieux : son visage avait pris une teinte aussi pourpre que ses cheveux. Il faut dire qu'elle se retenait d'exhaler trop fort ; peut-être pour ne pas respirer le gaz, mais sans doute davantage pour maintenir les apparences d'une dame bien née.

En dépit des obstacles et des virages, Merry savait qu'elles se dirigeaient toujours plus à l'est, vers le quartier Forge-Rage. Le dernier panneau qu'elles avaient croisé annonçait « Promenade des Mécanistes Obscurs » en lettres de cuivre. La jeune fille connaissait un peu l'endroit : Thomas avait délaissé sa forge de la Basse-Ville pour y suivre une formation en horlogerie ces dernières semaines, et parachever ainsi son apprentissage. Elle lui rendait visite chez l'horloger Forge-Rage lorsqu'elle avait besoin de faire redresser ses crochets en urgence ou s'il lui fallait un nouveau poignard. C'est-à-dire constamment, en fait, au rythme où elle les perdait.

— Tiens bon, Tristabelle ! l'encouragea Merry. Plus qu'un pâté de maisons, deux maximum, et on devrait quitter ce quartier de cauchemar.

— De cauchemar quand j'y traîne avec toi… lâcha sa grande sœur dans un souffle.

Le gaz se trouvait pratiquement sur leurs talons.

Elles tournèrent dans la ruelle qui était censée mener à la promenade et se retrouvèrent dans un nouveau cul-de-sac. Une solide porte de laiton bloquait le bout de la voie, à la façon d'un sas. Leurs compagnons d'infortune les abandonnèrent sans même un couinement d'adieu : les rats se faufilèrent par une lézarde qui donnait de l'autre côté.

— Non, non, non ! protesta Merry en martelant la porte de ses poings.

Tristabelle se mit à frapper aux portes cochères qui jalonnaient l'impasse.

— Ouvrez ! Je connais personnellement la comtesse Fiona Tourmente ! J'exige que vous me donniez asile, loin de ces dégoûtantes bestioles !

En voyant qu'elle ne pourrait pas crocheter la porte, qui était fermée par une chaîne et non une serrure, Merry se joignit à ses efforts. Elle regarda avec espoir une chandelle illuminer une fenêtre, un pan de rideau se soulever et… retomber aussitôt, comme si la scène était dépourvue d'intérêt.

— Je vous ai vu ! Je sais qu'il y a quelqu'un ! Aidez-nous ! AIDEZ-NOUS !

Mais ses suppliques restèrent sans réponse. Elle se retourna pour contempler la progression de l'acide et découvrit que le bout de la ruelle avait déjà disparu. Encore dix mètres jusqu'à elles, douze tout au plus ; l'affaire de quelques minutes.

La mort – parfum vanille – se rapprochait à grands pas.

Merryvère sentit ses jambes fléchir sous le poids de sa propre impuissance.

Un fracas métallique retentit alors dans son dos.

— Non mais dites donc ! lança Tristabelle à la nuit. Qui s'amuse à balancer des tisonniers par ici ? Ce n'est pas parce que nous crions sous vos fenêtres que nous sommes des ferrailleurs !

— Ce n'est pas un tisonnier… déclara Merry en inspectant l'objet. C'est un pied-de-biche !

Elle se précipita vers la porte, glissa la pointe en biseau dans un des maillons de la chaîne et pesa de tout son poids sur la longue barre de métal.

Le fer grinça mais ne céda pas.

— Trista ! Viens m'aider ! Vite ! Vite !

Sa sœur leva les yeux au ciel, l'air affligé par cette débauche de travaux manuels.

Le nuage n'était plus qu'à trois mètres d'elles.

L'acide commençait à attaquer les prunelles de Merry, la faisant larmoyer.

Sous la pression de Tristabelle, le maillon rétif finit par céder.

Merry arracha la chaîne de la porte, l'entrebâilla suffisamment pour qu'elles puissent passer, puis la claqua derrière elles.

L'odeur du gaz submergeait ses poumons jusqu'à l'écœurement et Merry se jura de ne plus jamais manger de pudding à la vanille si elle survivait…

XVII

Le quartier de la Maison Forge-Rage ne ressemblait pas au reste de la Haute-Ville. Pas du tout, même. Si elle s'était intéressée un tant soit peu à l'astronomie, Merry se serait crue sur une autre planète.

Les bâtiments étaient notablement moins élevés et leurs dimensions réduites leur donnaient une échelle beaucoup plus humaine. Les matériaux de construction contrebalançaient la froideur du marbre et la pesanteur du granit si chers aux autres quartiers.

— De l'airain de pouilleux ! De la brique d'une banalité affligeante ! Des traces de charbon partout ! s'insurgea Tristabelle en découvrant l'architecture. Pas étonnant que les autres tiennent pour « populaire » la Maison des Forge-Rage !

L'opinion des autres Maisons (et de Tristabelle), les Forge-Rage s'en moquaient bien : ils possédaient un siège au Conseil des Huit – n'en déplaise aux jaloux – où ils pouvaient afficher fièrement leurs idées modernes qui corrodaient le *statu quo*. Ils avaient en effet placé leur foi dans le progrès sous toutes ses formes, comme d'autres l'avaient placée dans les cultes qui fleurissaient à Grisaille.

— Moi, j'aime bien… remarqua Merry. On dirait le chaînon manquant entre la Haute et la Basse-Ville.

Tristabelle se contenta d'un reniflement qui en disait long sur les goûts de sa cadette.

— Oh, et essaye de ne pas déclencher de duels, s'il te plaît ! enchaîna Merry avec une pointe d'anxiété.

— Pff ! Et comment ? En me tailladant le visage ? En me roulant dans la boue ? Ce n'est pas parce que personne ne veut se battre pour *toi*, que c'est aussi facile pour les autres…

Merry ne fut guère rassurée par sa réponse. Si Tristabelle avait – *supposément* – du mal à mettre son charme en berne, les Forge-Rage en avaient davantage à contrôler leur tempérament. Ils pouvaient s'enflammer pour un regard, s'emporter pour un mot, et parfois… carrément exploser. Un trait qu'ils partageaient volontiers avec leurs machineries infernales.

Le quartier lui-même reflétait cette éternelle dualité entre raison et passion : les cheminées des manufactures fumaient continuellement et les hauts fourneaux brûlaient de jour comme de nuit, alimentant des rigoles de plomb en fusion qui coulaient à travers les rues tels des caniveaux de lave ; les forges baignaient les murs de briques d'une chaleur rougeoyante, prompte à échauffer les esprits ; les amoureux n'hésitaient pas à s'embrasser à pleine bouche dans la rue (au mépris de toute étiquette !) et les passants mal lunés s'insultaient aussi copieusement que des cochers…

La promenade ne dormait jamais non plus. Malgré l'heure plus que tardive, elles y croisèrent des orateurs prêts à débattre de leurs dernières trouvailles philosophiques ou scientifiques, perchés sur les tas de scories métalliques qui abondaient à chaque coin de rue. Les débats en question se soldaient chaque fois par des jets de briques et des pugilats musclés, offrant une animation bienvenue après la froideur de morgue du quartier Tourmente. Même l'odeur prégnante de fumée ne dérangeait pas Merry : elle l'aidait à oublier ce parfum de vanille qui lui collait à la peau.

Tandis qu'elle faisait attention à ne pas plonger la pointe de ses bottines dans le plomb en fusion, la jeune fille s'appliquait à ne pas faire attention à Tristabelle qui se plaignait de toute la suie que sa robe était en train d'amasser.

— On a l'air de vraies touristes… nota finalement Merry. Quelqu'un qui nous chercherait parmi la foule nous retrouverait dans la seconde.

La chute mystérieuse du pied-de-biche ne l'avait pas tranquillisée, au contraire. Les Tourmentes n'avaient pas fait mine d'ouvrir leurs fenêtres, et elle était d'un naturel trop pessimiste pour croire à l'apparition soudaine d'un ange gardien. Alors, Merry continuait à guetter les hauteurs tout en prenant garde à ses pieds.

Mais c'est à sa propre tête qu'elle aurait dû veiller car, sans l'intervention de Tristabelle pour la tirer de côté, la courbe d'un morceau de mâchefer – subitement aérodynamique – aurait bouleversé la géométrie de son nez.

Le projectile ne lui était pas destiné : il s'agissait du contre-argument qu'un maréchal-ferrant venait de balancer à un gaillard à bésicles. L'homme haranguait la foule avec ses équations, le visage halluciné.

— Silence, couillon ! ajouta le ferronnier à sa solide rhétorique.

— Ah, oui ? Viens donc me la fermer, pose-semelles ! répondit l'orateur en y joignant un signe des doigts qui tenait plus de la biologie que des mathématiques.

D'après ce que Merry pouvait entendre, le causeur avançait que les chevaux seraient bientôt remplacés par de la vapeur. Un parfait illuminé…

L'horlogerie où Thomas faisait son apprentissage se dressait plus loin sur le boulevard. Elle n'était pas difficile à repérer : quantité de mécanismes complexes s'agitaient à l'intérieur de la vitrine, mais aussi à l'extérieur, encastrés dans les murs. Les mouvements de la façade donnaient à la boutique un semblant de vie. Même l'enseigne, composée de plusieurs plaques d'airain pivotant sur des axes, se pliait et se dépliait en rythme comme une respiration.

Sur le pas de la porte, Merry hésita. Souhaitait-elle vraiment que Thomas soit mêlé à cette histoire de fous ?

La mine renfrognée de Tristabelle acheva de la convaincre. Elles avaient vraiment besoin de souffler un peu.

Merry entra donc, faisant tinter une clochette. Elle s'entendait à peine, noyée par le bourdonnement des pendules accrochées aux murs. Derrière son atelier, un vieil homme à la stature sèche souleva ses lorgnons télescopiques pour mieux distinguer les nouvelles venues. Il portait la barbe en touche de piano – moustaches et bouc noir au cœur d'un duvet blanc-gris.

Merry se rappela son nom : maître Gustav Forge-Rage. Elle se souvint aussi que Thomas parlait de lui comme un génie de la mécanique.

Veston sur une chaise et manches de chemise retroussées, le génie était pour l'instant aux prises avec une jungle de ressorts. Ils jaillissaient d'une grosse horloge mal en point, tel un sac d'entrailles métalliques.

— Je vous connais, vous... dit-il en apercevant Merry. Vous êtes la cambrioleuse pour qui Thomas forge tous ces poignards, n'est-ce pas ?

— Des poignards ? Moi ? Je... Non, pas du tout ! lui assura-t-elle, extrêmement mal à l'aise face à cette notoriété compromettante. Je ne suis pas... Est-ce que Thomas est là ?

Gustav secoua la tête.

— Il est parti il y a des heures, je le crains. Une commande urgente à la forge pour une vierge de fer et trois sacs de clous de cercueil. Il ne reviendra pas avant brumhain.

— Oh, d'accord... répondit Merry avec déception. Bon, eh bien, nous allons...

— Vous, là-bas ! Arrêtez de tripoter ça !

Il s'adressait à Tristabelle. Elle était en train de jouer avec un jacquemart dont l'automate représentait un bourreau qui frappait de sa hache une cloche en forme de crâne.

— Pff... Il était déjà cassé, de toute façon. Ce n'est pas comme s'il risquait grand-chose...

— Comment ça, « déjà cassé » ?!

Gustav souleva prestement le comptoir qui le séparait des deux sœurs. Maintenant qu'il n'était plus recourbé sur son ouvrage, Merry se rendit compte à quel point l'horloger était grand. Et intimidant. Tristabelle paraissait minuscule à côté de lui. Ce qui n'empêchait pas la jeune fille de soutenir son regard furieux, les poings sur les hanches, tandis qu'il évaluait les dégâts de l'automate.

— Écoutez, vous avez l'air d'avoir beaucoup de travail, et nous n'allons pas vous déranger plus longtemps, proposa Merry. Viens Tristabelle, laissons Monsieur Gustav tranquille.

Elle se dirigea vers la porte de la boutique en catimini. Avant qu'elle ne l'atteigne, l'horloger lui tapa sur l'épaule pour attirer son attention. Lorsqu'elle se retourna, il lui saisit le bas du menton dans sa grande paluche. Il avait remis ses lorgnons, ce qui rendait son faciès encore plus inquiétant. Un instrument qui ressemblait à une courte pince se rapprocha de son visage à elle.

La panique gagna Merry et elle glissa la main à ses poignards. Toutefois, l'horloger se contenta de lui ôter une écharde de verre enfoncée dans la joue. Il lui retira deux ou trois autres souvenirs de son rendez-vous nocturne avec la verrière et essuya ses gouttes de sang du bout d'un mouchoir propre. Sa poigne était robuste mais délicate. Merry se laissa faire sans broncher.

— Comment vous êtes-vous retrouvée dans ce triste état ? Vous avez l'air de quelqu'un qui aurait fourré sa tête dans un engrenage. Ou une centrifugeuse.

— Une centrifugeuse ? C'est quoi ? questionna Tristabelle avec détachement.

Elle s'amusait maintenant à tirer des sons aigrelets de ressorts qui traînaient en les faisant rebondir sur le sol.

En proie à l'ennui, Tristabelle retombait aisément dans les plus pénibles enfantillages…

— C'est une machine qui tourne à toute vitesse, dit Gustav sans cesser d'inspecter le visage de Merry sous toutes les coutures. On l'utilise pour faire sortir l'huile des montres à gousset quand on en a trop mis.

— Comme une essoreuse à salade, alors ? hasarda la monte-en-l'air, tout en essayant de paraître aussi décontractée que possible.

— Exactement. Vous devez être la maligne de la famille (puis, se tournant vers Tristabelle) et vous l'enquiquineuse !

— C'est plutôt Dolorine, la maligne de la famille, continua Merry. Notre petite sœur. Vous faites donc à moitié erreur…

Tristabelle lui jeta un regard noir. L'horloger libéra enfin son menton et s'écria :

— Trois filles ? Par les épouvantails ! Vos parents ne doivent plus savoir où donner de la tête. J'en ai deux comme vous, moi aussi. Et ce n'est déjà pas une partie de plaisir…

Merryvère se contenta de ne rien répondre. Gustav remarqua l'ombre chagrine qui passa sur son visage et ajouta d'un ton plus conciliant :

— Ingrid et Astrid ne sont pas là de la semaine. Leur mère les a emmenées chez l'exorciste pour leur séance mensuelle. Elle pense qu'elles sont possédées… De l'argent foutu en l'air, oui ! Juste des filles un peu trop énergiques. Et beaucoup trop imaginatives ! Mais vous pouvez dormir dans leur chambre, ce soir.

Merry fut prise au dépourvu par l'offre soudaine. Pas Tristabelle.

—Vous avez une baignoire ? J'ai a-bo-mi-na-ble-ment besoin d'un long bain.

— *Ahem !* la coupa Merry. C'est très généreux, Monsieur Gustav, mais nous allons juste rentrer chez nous. Nous ne voulons pas abuser de votre hospitalité. Et si Thomas n'est pas là demain, de toute façon…

—Vous n'abusez de rien, jeune fille, si ce n'est de ma patience en faisant des politesses ! Thomas met des heures pour venir ici depuis chez lui, même en fiacre. Et je sais qu'il n'habite pas loin de votre demeure. Oui, il parle beaucoup de vous. Il n'apprécierait pas que je vous laisse repartir ainsi. Pas à cette heure, pas à pied… Et certainement pas avec la moitié des sorties du quartier bouclées ! Satanés Tourmentes et leurs expériences en matière d'hygiène publique…

Les arguments bourrus de Gustav se tenaient. La fatigue terrassait Merry. Son corps n'était plus qu'un monceau douloureux de plaies, de bosses et de bleus. En outre, le jour allait se lever dans quelques heures. Les vampires les laisseraient donc bientôt en paix.

Elle baissa les armes.

— Si cela ne vous dérange vraiment pas… je suppose que nous pouvons rester.

— Uniquement si vous avez une baignoire, renchérit Tristabelle. Et pas une douche, mon vieux !

— Oui, j'ai une baignoire… lui concéda Gustav en gardant son calme autant que faire se pouvait. C'est probablement la *meilleure* baignoire que vous trouverez dans tout Grisaille, en dehors du palais royal.

— C'est un bon début. Et puisque nous sommes sur le sujet, est-ce que vous ne connaîtriez pas une ou deux vierg…

Tristabelle s'interrompit ; l'exaspération remontait aux visages de son auditoire comme des bulles à la surface d'un bain de vitriol.

— Bah, oubliez ça. Je me contenterai d'eau chaude. Beaucoup, beaucoup, beau-coup d'eau chaude…

Ingrid et Astrid Forge-Rage partageaient le même capharnaüm. Si l'horlogerie avait paru encombrée à Merry, ce n'était rien comparé au bazar des boulons, vis, fils de cuivre, roues dentées, billes d'acier, moulages en plâtre, vêtements sales, dessins au fusain, prototypes en allumettes, livres écornés, sculptures d'argile, outils en tout genre… Elles dormaient sur des lits superposés, le seul coin de la pièce qui semblait avoir un tant soit peu échappé à leur apocalypse créative.

— Je prends le lit du haut ! s'exclama joyeusement Merry en découvrant la chambre.

— Ne sois pas aussi puérile, Merry. Tout le monde se fiche du lit du haut.

Merry la regarda avec des yeux ronds. Difficile de savoir si Tristabelle osait vraiment la juger « puérile » après son propre manège dans la boutique ou si elle était juste vexée de ne pas avoir revendiqué le lit du haut la première. Sans doute un peu des deux.

Une gravure des filles de l'horloger trônait sur la table de chevet : des jumelles au visage rond et moucheté de taches de rousseur. Elles paraissaient à peine plus jeunes que Merry. Et à côté de la gravure, un jouet en étain – un couple d'automates sur une piste de danse. Malgré l'exécution grossière des pantins, on reconnaissait les traits et les coiffures interchangeables des jumelles. Des croissants de laiton formaient de larges sourires sur leurs bouilles. Lorsque l'on tournait la clé sur le côté, les automates effectuaient une petite valse avant de saluer leur public en se tenant par la main. Une inscription était gravée à la base du jouet :

« Notre première invention ! A + I »

Merry ressentit un pincement au cœur. La seule chose dont elle et Tristabelle risquaient un jour d'être complices serait un double meurtre. *Leur* double meurtre…

Les années passant, Merry avait fait le deuil d'une relation complice avec sa grande sœur. Restaient tout de même les regrets. Peut-être que Dolorine lui offrirait une seconde chance ? Tiens, qu'est-ce que fabriquait Dolorine ces derniers temps, d'ailleurs ? Merry n'en avait pas la moindre idée. Elle posa le jouet avec un nouveau pincement au cœur – mais plus coupable, celui-là – et se décida à ouvrir la fenêtre.

Dehors, le soir semblait placide, vide de toute menace. Merry en profita pour dresser un bilan des dernières vingt-quatre heures : la vente du coffret, Gros Larry et ses hommes, l'enlèvement de Tristabelle, les Vermeils, Katryan… Tout pouvait être relié à son cambriolage, c'était une évidence. Et les Vermeils la pourchassaient toujours. Mais que voulaient-ils ?

Son maigre butin ? Le coffret sans valeur ?

Cette foutue cuillère ?

La monte-en-l'air prit conscience que seule cette dernière possibilité, aussi insensée paraissait-elle, expliquait les mésaventures qui lui collaient aux bottes.

Et j'ai laissé la petite cuillère à Dolorine ! Tu parles d'un cadeau empoisonné !

L'effroi la fit tressaillir et Merry claqua malgré elle la fenêtre. La main sur la crémone, elle hésita à regagner illico la maison familiale. Elle se ravisa cependant : les Vermeils ignoraient qui détenait exactement leur précieuse cuillère, sinon ils auraient déjà abandonné la poursuite. Concentrer leur attention le plus loin de Dolorine était ce qu'il y avait de mieux à faire pour l'instant. Ce qu'il fallait faire ensuite, eh bien… Elle n'en avait fichtrement aucune idée.

Merry se laissa tomber dos contre le mur, anéantie.

Dans la salle de bains contiguë, l'eau coulait à flots dans les tuyaux. Son écoulement régulier l'emporta dans une somnolence bienvenue.

Tristabelle la rejoignit dans la chambre au bout d'une bonne heure. Elle portait une serviette autour du corps, une seconde sur ses cheveux et un bocal de talc dans les mains.

— La salle de bains est libre, annonça-t-elle en la tirant de sa torpeur. (Puis, en voyant sa sœur se diriger vers la porte avec une démarche de rapiécé :) Il n'y a plus d'eau chaude, par contre. Et plus de serviettes.

— Tant pis, alors… soupira Merry en tournant les talons. J'attendrais d'être rentrée à la maison. Je vais juste me coucher et… *Aa-ouille !*

Lorsqu'elle posa le pied sur l'échelle des lits, chacun de ses muscles lui rappela vivement les aléas de la journée. La jeune fille s'assit sur un tabouret pour frotter la crampe qui venait de la saisir.

— Je crois que je vais plutôt me déshabiller en bas et… *aïe… aïe, aïe !*

Les tenues de cuir… Bien pratiques pour résister aux déchirures et aux intempéries, mais pas du tout faites pour être retirées avec aisance. Surtout lorsque vos articulations jouent du violon avec vos nerfs.

Elle dégrafa péniblement son plastron de monte-en-l'air, si serré qu'il lui paraissait une seconde peau à arracher de la première. Après trois tentatives pour passer la tunique par-dessus ses épaules endolories, Merry abandonna. Elle se concentra sur ses bottines. Mais même plier le genou lui enflammait les tendons à s'en faire grincer les dents.

Assise sur le lit du bas, Tristabelle la regardait d'un œil crispé, tout en se talquant les bras et la gorge. Elle finit par ne plus supporter les râles de sa cadette.

— Bon, ça suffit ! clama-t-elle en tirant Merry contre les draps. Sur le ventre, et que ça saute !

Merry n'émit qu'un faible « Hé ! » de protestation, tandis que Tristabelle se plaçait à califourchon sur ses jambes pour l'empêcher de se redresser. La jeune fille ne se sentait plus la force de résister. Les draps étaient si délicieusement frais, de toute façon.

L'aînée souleva la tunique de Merry et saupoudra le cuir d'une poignée de talc. Elle fit de même avec le dos de sa sœur. Ensuite, elle l'obligea à tendre les bras et lui retira la tenue d'un coup sec. Merry entendit ses articulations craquer, exactement comme au-dessus du toit de la gorgone. Elle hurla dans l'oreiller.

Tristabelle lui maintint la tête contre ce dernier avec force, l'empêchant de la relever trop haut. L'espace d'un instant, Merry se demanda si sa sœur s'était enfin décidée à l'assassiner froidement. Loin de l'asphyxier toutefois, Tristabelle lui dispersa une nouvelle poignée de talc sur le dos. Puis elle commença à la masser.

Les phalanges de Tristabelle pétrissaient la chair malmenée de Merry avec autant de ménagements qu'un boulanger battant de la pâte à pain. Elle pressait ses omoplates, malaxait ses muscles et frictionnait ses vertèbres. Pourtant, les élancements de ses bleus firent bien vite place à des picotements de volupté, une onde douce et chaude qui se mit à l'irradier. L'air de la chambre sentait le talc, l'oreiller le jasmin ; les arômes relaxants de la tranquillité.

— Voilà qui devrait nous débarrasser de tes simagrées pour la nuit, dit Tristabelle en achevant son massage. Merry ? Merry ?

Merry lui répondit par un ronflement aussi léger que paisible.

— Bien, continua-t-elle en lui retirant ses bottes sans la réveiller. Je suppose que le lit du haut me revient…

XVIII

Le trajet du retour éroda la plus grande partie de la matinée.

Lorsqu'elles arrivèrent enfin à la maison, le portail était béant. Arrachée de ses gonds, la porte de devant gisait lamentablement dans la poussière.

— DOLORINE ! appela Merry en plaçant ses mains en porte-voix.

Aucune réponse.

Elle répéta son appel, encore et encore. L'affolement l'emporta sur la prudence : elle abandonna sa grande sœur pour arpenter seule le jardin et la cour de derrière, criant et courant dans tous les sens.

Personne.

Tristabelle ayant disparu à l'étage, Merry grimpa quatre à quatre les marches du vieil escalier pour la rejoindre.

— Tu l'as trouvée ? implora-t-elle.

— Non. Mais mon violon est intact, regarde.

Merry faillit lui écraser les cordes sur le nez.

— On s'en moque de ton violon débile ! Dolorine n'est nulle part ! NULLE PART !

Tristabelle la toisa avec condescendance.

— C'est bon ? Tu as fini de piquer ta crise ? Tiens, dit-elle en lui tendant une note manuscrite sur feuillet blanc.

Le signet royal sauta tout de suite aux yeux de Merry.

— C'est le questeur royal qui a défoncé notre porte, continua Tristabelle. Nous sommes le premier du mois, je te signale. Et crois-moi, il n'a sûrement pas emporté Dolorine pour régler nos dettes.

— Alors *OÙ* est-elle ?

Tristabelle haussa les épaules.

— C'est Dolorine… Elle doit traîner quelque part dehors, à compter les nuages ou à essayer de manger des libellules. Sa poupée n'était pas dans sa chambre. Et comme elles sont in-sé-pa-rables, si on l'avait retrouvée abandonnée quelque part, *là* tu aurais eu une bonne raison de t'inquiéter.

Merry n'était pas convaincue. L'écriture serrée du questeur ne lui apprit rien de plus, si ce n'est qu'ils avaient emporté trois meubles – une penderie, un lit dans une des chambres d'amis, le vaisselier de la cuisine – et qu'elles pouvaient les récupérer à l'entrepôt royal numéro 144, sous condition de payer leurs arriérés des taxes à compter du… *bla, bla, bla…*

Elle froissa la note, la balança par la fenêtre et échangea un regard sombre avec sa sœur.

Merry s'apprêtait à vérifier si Dolorine n'avait pas laissé un mot dans sa chambre lorsqu'un grincement monta du rez-de-chaussée. La jeune fille avait grandi avec la maison et tous ses bruits : elle reconnut tout de suite le tiroir à couverts de la cuisine – celui qui ne fermait plus très bien depuis qu'elle l'avait utilisé pour casser des noisettes, à l'âge de sept ans.

Merry se précipita en bas. Tristabelle, elle, se contenta de ranger son violon adoré.

— Dolly, c'est toi ? Où étais-tu pa...

La fin de sa phrase trépassa dans sa gorge. Ce n'était pas Dolorine.

Redingote sombre, plastron de cuir rougeâtre et pagaille de cheveux blonds : même s'il ne portait pas son loup, Merry reconnut devant elle le jeune homme de ses cauchemars.

— Mais qu... qu'est-ce que vous fichez ici ?

— Ça ne se voit pas ? répondit l'intrus sans même relever la tête. Je fouille tes tiroirs.

— Vous n'êtes pas un vampire ! constata Merry avec surprise.

— Quelle perspicacité ! On ne peut rien te cacher...

Il ouvrait les placards de la cuisine sans une once de considération, ni pour leur contenu, qu'il balançait à droite à gauche, ni pour la jeune fille, qui hésitait à lui balancer un ustensile de cuisine à son tour. Et pas un bol ou une cuillère à soupe, non. Plutôt du genre tranchant, l'ustensile.

— Qu'est-ce qui m'a trahi ? poursuivit-il. Mon teint ? Mon reflet sur tes casseroles ? Le fait que je n'aie pas essayé de renifler ton corsage pour y planter mes canines ? Ou tout simplement le soleil ?

Merry commençait à perdre patience.

— Je ne suis *vraiment* pas d'humeur ! Où est Dolorine ?

— Public difficile, hein ? rétorqua-t-il avec un rictus. Tu n'es pas la seule à être de mauvais poil. Je suis un assassin en train de faire le boulot d'un voleur… On appelle ça un déclassement, chez moi. Il y a de quoi tirer la gueule…

— « Déclassement » ? s'insurgea Merry. Et mon couteau dans votre gorge prétentieuse, vous appelez ça comment ?

Le jeune homme interrompit enfin sa fouille et se tourna vers Merry avec une lenteur calculée.

— Écoute, brindille, je n'ai pas particulièrement envie de te faire du mal. Mais tu commences à m'échauffer les lames. Pourquoi crois-tu que j'aie fait autant de bruit en fouillant ta déprimante cuisine ?

— Parce que vous êtes un assassin minable ?

— Tu as retrouvé ton sens de l'humour, je vois. (Il fit craquer ses phalanges.) Je me doutais bien qu'il y avait peu de chances que tu aies planqué la petite cuillère ici. Je préfère donc avoir mes infos à la source.

— La source, elle va vous botter les fesses !

— Non. Elle va plutôt me dire où se trouve la cuillère. Elle est à l'étage ? À moins que tu ne l'aies laissée au grand horloger, c'est ça ? Tu travailles pour le compte des Forge-Rage ?

Sa façon de prononcer « grand horloger » laissait imaginer à Merry qu'il parlait plutôt de *Grand Horloger*, comme un titre honorifique. Gustav Forge-Rage était-il lui aussi bien plus qu'il n'en avait laissé paraître ? Quelle que soit l'importance du vieil homme, toutefois, elle était moindre comparée à ses préoccupations actuelles.

— Travailler pour les… ? s'étonna Merry en glissant discrètement la main vers ses poignards. Mais qu'est-ce que vous racontez ? Je ne travaille pour personne ! Maintenant, c'est vous qui allez me dire où se trouve Dolorine !

Le jeune homme poursuivit, impassible :

— Dolorine ? C'est la fille qui t'accompagnait au manoir ? Dans ce cas, j'ai une mauvaise nouvelle à t'annoncer : elle est clamsée. Mais si tu tiens vraiment à la revoir, je peux t'arranger ça...

Pour Merry, il était temps de partager l'hospitalité légendaire des Carmines avec cet arrogant. Le poignard en argent virevolta dans la seconde.

Schling !

« Schling » ?

Merry s'attendait à *Tchac !* Un bon *Tchac,* ça vous terminait un duel en moins de deux. Elle aurait aussi apprécié un *Arggl,* à vrai dire, sa version beaucoup moins précise et beaucoup plus salissante. Peut-être même un honnête *Fiiiz-bonk,* s'il portait une armure sous son gilet. Mais *Schling* ? Certainement pas.

Le poignard avait ricoché sur l'épée de l'assassin, une parade précise et fulgurante de la main gauche. Mince... Comment avait-elle oublié ce détail ? Elle détestait affronter des gauchers. C'était comme se battre contre un miroir : il fallait penser à l'envers.

— Non, non et non, la rabroua le jeune homme. On parlait tranquillement, ce ne sont pas des manières. Et moi qui te trouvais si polie, avec le vouvoiement et tout, et tout...

— Je suis de mauvaise humeur, je vous ai dit.

Merry parlait pour gagner du temps. L'assassin était sûr de lui et trop loquace. Elle pouvait retourner cela à son avantage.

— Votre petite cuillère a été fondue, désolée ! J'avais besoin de remplacer un de mes poignards.

— Pas grave, répondit-il en avançant vers elle. Il va falloir que je les récupère tous, alors.

— Commencez déjà par ces deux-là !

Merry joignit le geste à la parole sauf qu'elle ne lui balança pas deux, mais trois dagues. Les premières volèrent haut vers sa poitrine et son visage ; la dernière, plus discrète, fila vers ses jambes.

L'assassin ne se laissa pas surprendre par une ruse aussi grossière : il dévia le premier couteau de sa lame, esquiva le deuxième et souleva un tabouret du bout du pied pour bloquer le troisième. L'argent s'enfonça dans le bois avec un bruit sourd.

Le jeune homme s'avança encore, réduisant dangereusement la distance qui les séparait.

Merry hésita à se replier dans le couloir. L'assassin aurait moins de place pour ses esquives, mais elle aussi. Comme il était plus grand qu'elle et que son épée avait bien plus d'allonge que ses dagues, l'idée lui sembla trop risquée. En plus, sur la dizaine de poignards qu'elle portait en permanence, Merry n'en palpait plus que quatre dans les replis de sa tenue. La nuit avait été longue.

Elle préféra donc rester dans la cuisine, quitte à lutter sur la défensive.

Pendant qu'elle s'éloignait de l'assassin, une brise lui caressa le dos. Toutes les fenêtres étaient ouvertes sur le jardin. Un embryon de plan naquit dans l'esprit de la jeune fille.

— Maintenant que j'y pense, votre cuillère était rangée dans le vaisselier… Un questeur royal l'a emporté, je le crains.

Mais je peux vous donner l'adresse du dépôt, si vous promettez de nous laisser tranquilles, mes sœurs et moi, et que vous…

— Tu mens mal. Tes yeux sont trop fixes, comme quand tu t'apprêtes à me lancer un… (Il se baissa pour éviter un nouveau poignard.) Oui, voilà ! Exactement !

Tout en se décalant vers les fenêtres, Merry ouvrit un placard à la volée. La petite porte se transforma en obstacle entre elle et son adversaire. Mais il l'enjamba sans découvrir sa garde.

— Elle vient d'où cette cicatrice ? demanda-t-il en se touchant le menton.

— Pourquoi ? Vous comptez m'en faire d'autres ?

— Non, non. Tu as un trop mignon visage pour qu'on l'abîme. Je trouve juste qu'elle te va bien…

Elle se sentit confuse devant le compliment inattendu. Le jeune homme, ce sournois, la prenait à son propre jeu : il profita de son égarement pour se fendre vers elle.

Merry réussit à cabrioler de justesse sur la table de la cuisine, la lame venant se planter dans le crépi. L'assassin retira prestement son épée du mur et prolongea le geste d'un balayage circulaire. Sa cible ? Les chevilles de la monte-en-l'air. Elle dut bondir de nouveau pour éviter l'aller puis le retour de la lame, comme avec une corde à sauter.

Néanmoins, l'attaque avait positionné l'inconnu là où Merry le voulait.

Elle plongea par la fenêtre, attrapa au vol une des branches qui se tordaient contre la façade de la maison, se servit du tronc du chêne centenaire comme pivot et accentua son élan pour regagner la cuisine à travers la fenêtre suivante. Accomplir la manœuvre ne lui prit qu'un instant.

Elle se retrouva droit dans son dos, les deux pieds en avant et à pleine vitesse.

Le choc envoya l'assassin valser contre l'évier.

Alors qu'il se relevait, elle lui projeta un poignard supplémentaire qui frôla sa joue droite, la balafrant sur sa longueur. Merryvère l'avait fait exprès : elle ne souhaitait tuer personne, juste qu'on la laisse en paix.

— Puisque vous aimez tant les cicatrices, en voilà une qui devrait vous plaire. Maintenant, filez ou…

— Pas mal… convint le jeune homme en essuyant le sang sur sa joue. Je t'ai sous-estimée, brindille. Je te prenais pour une gourde, mais tu sais danser. (Un sourire acerbe étira ses lèvres.) Alors dansons, maintenant !

Il se précipita sur elle à une vitesse démente.

Merry eut soudain l'impression de se retrouver au cœur d'un cyclone d'acier. Les coups pleuvaient dru. Les railleries, oubliées. Avec ses deux derniers poignards – un dans chaque main – elle luttait du mieux possible, déviant les fentes, repoussant les attaques de taille. Mais elle n'avait aucune chance : Katryan l'avait entraînée à se défendre juste assez pour s'enfuir ; l'assassin, lui, était entraîné à tuer.

Merry reculait maintenant sans prendre le temps de voir où elle battait en retraite. Elle se retrouva vite acculée, piégée dans l'espace vide où se trouvait encore le vaisselier ce matin. La disparition du meuble lui sauva probablement la vie : l'assassin finit par trouver la faille dans ses parades désordonnées et son épée plongea vers sa gorge. La jeune fille se recroquevilla contre le mur, juste assez pour que la lame s'arrête contre sa peau au lieu de la transpercer.

Son assaillant recouvra son calme à temps pour ne pas la tuer. Mais la joie mauvaise n'avait pas quitté ses traits.

— Alors, brindille, on aime bien les fenêtres ? Je parie que tu regrettes de ne pas en avoir une derrière toi ! Où est ma cuillère ? Pas de mensonge, sinon je commence par te couper tout ce qui dépasse ! Et je garde tes grands yeux pour la fin…

— La poêle ! s'écria Merry.

— Comment ça, la poêle ? s'enquit-il, tout à coup perplexe.

Ce n'était pas à lui qu'elle s'adressait, toutefois, mais à Tristabelle.

XIX

— FRAPPE-LE !

— Voyons, Tristabelle ! Il est attaché à la chaise ! s'offusqua Merry. Je ne vais pas le frapper !

— Très bien, alors je vais le faire moi.

La gifle retentit, laissant une belle empreinte violacée sur le visage du jeune homme. Il resta évanoui, mais Merry grimaça à sa place. Pour avoir déjà tâté de sa mauvaise humeur, elle savait que les phalanges de son aînée étaient dures comme le marbre.

— Bravo, et ça a servi à quoi ? Laisse-le tranquille.

Merry alla mouiller une serviette de lin à l'évier. Lorsqu'elle la passa délicatement sur le visage de leur prisonnier, elle eut l'impression de voir ses paupières bouger. Pas d'autre réaction néanmoins. Faisait-il semblant ?

— Pourquoi tu ne lui offres pas un sandwich, pendant que tu y es ? persifla Tristabelle.

Assise dans un coin de la cuisine, elle tressait des nœuds coulants, à la dernière mode, dans ses longs cheveux.

Merry l'ignora et entreprit de vérifier les liens du captif. Faute de corde ou de chaîne, elles avaient dû l'attacher avec de la ficelle à gigot. Beaucoup, beaucoup de ficelle à gigot.

— On devrait avoir la paix jusqu'à ce qu'il se réveille… (Elle braqua son regard sur Tristabelle.) De lui-même. On pourra l'interroger à ce moment-là. Je suis certaine qu'il en sait plus sur la disparition de Dolorine qu'il ne le prétend.

Car la plus jeune des Carmines n'avait toujours pas réapparu. Trois heures s'étaient pourtant écoulées et l'inquiétude rongeait Merry. Elle pouvait deviner que Tristabelle commençait aussi à se faire du mauvais sang, à sa façon de jouer avec ses mèches – une manifestation d'émoi rarissime à travers sa carapace d'indifférence.

— Et après, on le tue, n'est-ce pas ? proposa sa grande sœur.

Merry la contempla, mi-incrédule, mi-dégoûtée.

— Ça va pas ou quoi ? On ne va pas le tuer !

— Parce que tu crois qu'il hésiterait à ta place ? Allons, Merry… Qu'est-ce que tu comptes faire, alors ? Lui mettre un collier et le relâcher dans la nature ?

Piquée au vif, Merry lui tourna le dos. Tristabelle l'attrapa aux épaules et poursuivit :

— Appelons les gardes, si tu n'en as pas le cran. Ils l'enverront aux mines de sel et nous serons tranquilles.

— Mais quelle bonne idée, Tristabelle ! explosa Merry. Tu crois qu'ils vont débarquer ici, ignorer tous les biens volés qui traînent partout dans la maison, comme ce vase ou ces tasses, par exemple… ou encore ce sac de patates… (Elle lui mettait chaque objet sous le nez, comme autant d'arguments.) Et nous donner une médaille ? Tu crois aussi qu'ils vont l'embarquer sans lui poser la moindre question ? Et qu'il ne va pas *me* dénoncer pour le cambriolage ? *Et* le meurtre du Sépulcre ?

— On n'a qu'à lui couper la langue, ajouta Tristabelle en soulevant l'épée de l'Assassin Écarlate.

Elle l'agita d'une façon qui se voulait probablement menaçante, mais qui n'était que pathétique. Merry lui enleva l'épée des mains et la reposa sur la table.

— Restes-en aux poêles à frire, Trista. Ça vaudra mieux pour tout le monde.

— Bon, bon… Fais comme tu veux… Je remonte dans ma chambre. Hurle si tu as *encore* besoin de moi.

Tristabelle s'arrêta un instant devant le jeune homme avant de quitter la cuisine. Elle lui passa la main dans les cheveux, afin d'y plaquer un épi rebelle. Le geste avait tout d'une caresse.

— Quel dommage, soupira-t-elle. Pour une fois que tu en ramènes un pas trop moche à la maison, il faut qu'il essaye de nous tuer…

Elle quitta la cuisine sans laisser à Merry le temps de répliquer quoi que ce soit.

— La cinglée est partie ? chuchota le jeune homme en ouvrant un œil.

Merry sursauta.

— Je le savais ! se reprit-elle.

— Si mon avis vous intéresse, continua le prisonnier sans se départir de son arrogance, je vote pour le meurtre plutôt que les mines de sel.

La monte-en-l'air secoua la tête avec une mine désemparée.

— C'est peut-être difficile à comprendre pour un *assassin*, dit-elle en renâclant sur le terme, mais tout ne peut pas se régler dans la vie en raccourcissant celle des autres ! Je ne souhaite ni votre mort ni votre exil. Juste que disparaisse la meute de problèmes qui me poursuit depuis ce fichu cambriolage…

Le jeune homme s'esclaffa.

— À d'autres, brindille ! Tu ne me feras pas croire que tu n'es qu'une innocente victime. Ce tumulte, TU l'as causé. Je t'ai vu balancer le vieux de sa tour…

— C'était un ACCIDENT ! lâcha Merryvère dans un cri.

Il secoua la tête, affichant toujours un rictus amer.

— Tu ne travailles ni pour les Sépulcres ni pour les Vermeils ; j'en saurais quelque chose. Cela nous laisse donc six autres Maisons qui auraient pu s'octroyer tes services. Sans parler des maîtres chanteurs de la Basse-Ville, des chefs de gangs en tout genre ou même encore… (Il cracha presque la fin de sa phrase.) De la Reine.

Gagner sa confiance parut à Merry une cause perdue. Elle tenta une autre approche.

— Je ne suis pas une sainte, c'est vrai. Mais je n'ai pas un mauvais fond. Et vous non plus, d'ailleurs. Le pied-de-biche dans l'impasse des Tourmentes, c'était vous, n'est-ce pas ?

Le prisonnier détourna les yeux.

— Oui, et alors ? marmonna-t-il.

— Vous nous avez sauvé la vie, à ma sœur et moi ! (Elle baissa le ton.) Bon, vous devez probablement regretter de l'avoir fait, maintenant… Surtout après avoir entendu Tristabelle…

— Et ?

— Si vous nous saviez coupables, pourquoi ne pas avoir laissé le gaz nous réduire en petits tas de pudding à la vanille ? Tout simplement ?

— Parce que tu crois que j'ai fait ça par bonté d'âme ? ricana-t-il. Je vous suivais à la trace depuis le manoir Vermeil, c'est exact. Mais vous aider, c'était m'éviter l'impasse. Et si la cuillère n'avait pas été dans tes poches, hein ? La seule chose dont j'étais certain, c'est qu'elle n'était pas dans celles de ta sœur !

— Vous saviez que ce n'était pas elle, le soir du cambriolage ?

— Oui. Les différences de… presque tout, ma foi… m'ont mis sur la piste. Bref, il fallait bien que je découvre votre repaire – ou votre vieille bicoque délabrée, en l'occurrence – et que je puisse vous interroger, pour récupérer la cuillère avant l'arrivée de mes petits camarades. Tu sais, ceux qui ne se déplacent qu'à la faveur de la nuit…

— Parce qu'ils vont débarquer ici ? s'inquiéta Merry.

Le jeune homme perçut son trouble. Retors, il sauta sur l'occasion :

— Bien sûr qu'ils vont débarquer ici ! Qu'est-ce que tu crois ? Dès que le soleil sera couché, le coin va grouiller de vampires ! Et si tu penses qu'ils vont se montrer aussi patients et conciliants que moi… On voit bien que tu ne connais pas Natalia !

— « Conciliant » ? Vous vous moquez de qui ?

Les images terribles de la nuit précédente ressurgissaient en elle – les ongles de Natalia, le liseré fatal sur la gorge de Katryan, tout ce sang…

L'assassin en rajouta une couche :

— Tu ferais mieux de me rendre la cuillère et de décamper ! Tout le mal que Natalia fera à cette maison, à toi, à tes sœurs, ce sera de ta faute ! *DE TA FAUTE !*

Merry imagina Dolorine – la frêle, l'innocente Dolorine – l'implorant des yeux en serrant sa peluche, pendant qu'elle se viderait sans un mot de son sang. C'en était plus qu'elle ne pouvait le supporter.

— Mais je n'ai PAS votre foutue cuillère ! Je ne sais PAS où elle est !

Puis un désarroi profond prit le pas sur sa colère. Merry posa un regard embué sur le captif, ne put rien ajouter d'autre que les sanglots brisés de sa voix et se détourna aussitôt. Interloqué, le jeune homme se renfrogna, cherchant à dissimuler maladroitement son malaise.

— Allons, allons, brindille. Je te croyais plus coriace que cela…

Merry agita la main, comme pour chasser une mouche importune. Elle se forçait à ravaler ses larmes aussi silencieusement que possible en regardant par la fenêtre, droit dans le jardin.

Le prisonnier se sentit bien bête face à son geôlier en pleurs. Les interrogatoires n'étaient pas censés se passer ainsi, non ?

Il sautilla alors sur les pieds de sa chaise pour se rapprocher d'elle. Ses bras étant ligotés, il dut presser sa tête contre son dos pour la consoler. Embrassade cocasse.

Ils restèrent ainsi prostrés plusieurs minutes, partageant le silence.

Merry se retourna finalement vers lui, les yeux secs mais les joues empourprées.

— Votre tête sur… le bas de mon dos, c'est euh… plutôt gênant.

Prenant conscience de sa position, le jeune homme recula, et pas qu'un peu : il y mit autant de précipitation que si sa tête avait été une motte de beurre sur un fer chauffé à blanc. Son ardeur l'envoya basculer en arrière avec la chaise. Merry le rattrapa avant la catastrophe.

— Merci pour la main secourable, dit-il. Et maintenant, on fait quoi ?

— Je n'ai pas encore décidé où on allait vous enterrer. Le jardin, ça vous va ?

— Je te crois quand tu dis que tu n'as plus la cuillère, concéda le jeune homme. Mais tu dois bien avoir une idée d'où elle se trouve.

— Oui, avoua Merry. Je l'ai donnée à ma petite sœur. Celle qui a disparu.

La figure de l'assassin s'assombrit.

— Une fillette dans tout Grisaille, ce n'est guère plus facile à dénicher qu'une petite cuillère… (Sa voix retrouva son entrain.) Mais j'aime le défi ! Je suis plutôt bon pour retrouver les gens, tu sais. Ça fait partie du métier. Tiens, ça me rappelle ce contrat… Je devais éliminer un faussaire en prophéties pour le compte d'un client mécontent. Il n'était pas très grand, plutôt bien en chair, et s'était déguisé en nonne pendant le Festival des Masques, et pour lui mettre la main dessus, j'ai dû empoisonner toute la…

— J'ai vraiment envie d'entendre la fin de cette histoire ?

— Hum… pas vraiment, non. Alors, tu me détaches ?

Il lui décocha un sourire un peu gêné. Merry le dévisagea, taraudée par la lueur pas très nette qui brillait derrière les yeux gris du garçon. Un grain de folie qui lui rappelait beaucoup trop Tristabelle, quoique plus chaleureux. Pouvait-elle lui faire confiance ? Avait-elle le choix, de toute façon ?

Au bout du compte, elle coupa ses liens, le regard fixé à l'épée sur la table, prête à réagir au moindre mouvement suspect. Les mains libres, le jeune homme se contenta de toucher sa joue là où Merry l'avait entaillée.

— Un pansement ? constata-t-il du bout des doigts. C'est gentil, je suppose. Même si c'est la deuxième fois que tu m'écharpes. Dis-moi la vérité, brindille… (Il se tourna face à elle et bomba exagérément le torse.) Je suis toujours aussi beau ?

Son ton n'avait rien de sérieux, mais Merry leva tout de même les yeux au ciel, consternée par la plaisanterie. Décidément, il avait beaucoup *trop* de points communs avec sa grande sœur – et pas les meilleurs. En admettant que Tristabelle possède de « bons » points, naturellement…

— Et si vous arrêtiez de m'appeler « brindille », pour commencer ?

— Je pourrais, c'est exact. Mais je trouve cela si approprié. Tu virevoltes comme une brindille, et lorsqu'on t'aperçoit pour la première fois, on ne craint qu'une chose : que tu te brises au premier coup de vent. Il faut manger de temps en temps, dis donc !

— C'est curieux, tous ces gens qui se préoccupent de mon poids… soupira Merry. Personne ne m'offre jamais de nourriture, par contre. Vous pouvez donc garder vos commentaires pour vous, bande de pingres.

— Je vois... Tu veux qu'on t'emmène au restaurant, c'est bien noté ! bouffonna à nouveau le jeune homme avec un clin d'œil.

— Appelez-moi plutôt Merry. Merryvère Carmine.

— Et moi, Blaise. Ensorcelé de faire ta connaissance.

Il lui tendit la main. Au moment où elle la serrait, il lui attrapa le poignet et l'attira tout près de lui, jusqu'à ce que leurs visages se touchent presque. La frivolité disparut d'un coup de ses traits.

— Pas d'entourloupe entre nous, Merry, murmura Blaise d'une voix torve. Pas de mensonge, de double jeu ou de couteau dans le dos... Sinon tu regretteras de m'avoir parlé de ta petite famille.

— Et toi, tu regretteras de ne pas nous avoir abandonnées dans cette ruelle... lui rappela Merry en serrant les dents.

Elle le repoussa avec vigueur. Blaise la lâcha, et ils se toisèrent avec hostilité.

— Ah bon ? Tu l'as carrément détaché, maintenant ? fit Tristabelle en découvrant la scène depuis le cadre de la porte.

Les traits de Blaise s'adoucirent d'un coup.

Belle collection de masques... releva amèrement Merry.

— Toute l'affaire n'était qu'un malentendu. Vous n'avez rien à craindre de moi à l'avenir, mademoiselle... Tristabelle, c'est exact ?

— Mais enfin ! Pourquoi est-ce que tu la vouvoies, *elle* ? s'offusqua Merry.

— Parce qu'il sait reconnaître le bon grain de l'ivraie, déclara sèchement Tristabelle. Et qu'il a des manières, lui.

Pas comme certaines personnes ici présentes. Regarde plutôt ce que j'ai trouvé à l'étage…

Elle tenait un volume pas très épais, à la couverture barbouillée de dessins d'enfants. Une lanière de cuir le maintenait fermé. Merry eut juste le temps de déchiffrer : « Journal secret et mystérieux de Dolorine Carmine » entre les gribouillis avant que Tristabelle ne l'ouvre.

— Hé ! C'est un des carnets de Dolorine ! s'indigna Merry. Tu ne devrais pas le lire !

— « Ne lis pas le journal intime de ta sœur, gna, gna, gna… » pérora Tristabelle d'une voix de fausset. « C'est très mal et je suis la plus grande donneuse de leçons de l'univers, gna, gna, gna… » Grandis un peu, Merry ! Tu veux la retrouver, oui ou non ?

— Elle n'a pas tort, avança Blaise.

Il s'attira un regard hargneux. Mais Merry devait reconnaître qu'ils avaient raison. Tout indice était bon à prendre.

— Ça s'arrête à hier, expliqua Tristabelle, plongée dans la lecture. Rien de particulier concernant aujourd'hui, à part une histoire de plan et d'Homme Bleu. Dolorine et ses fantômes, quoi… En revanche, elle a passé la journée chez une femme nommée Joséphine Lhortie, dans les Allées-Creuses. Peut-être qu'elle y est retournée ?

— Joséphine Lhortie ? s'écria Blaise. Mais c'est ma mère !

Il se rapprocha avec précipitation de Tristabelle, parut hésiter à lui arracher le journal, puis se ravisa.

— Permettez ? lui demanda-t-il en tendant la main vers la reliure.

Un éclair de compréhension scintilla dans le regard de la jeune fille, comme un hameçon au cœur du courant.

— Faites… *Prince*, répondit-elle avec un sourire langoureux.

Les traits de Blaise se pincèrent. Mais il n'ajouta rien, contrairement à Merry :

— « Prince » ? Qu'est-ce…

Avant qu'elle ne les bombarde de questions, Tristabelle lui paraphrasa les ajouts les plus récents de Dolorine à son journal. Elle interpréta notamment – et de manière très imagée, à la limite de l'obscène – les gribouillages au pastel d'une feuille volante qui devait appartenir au carnet précédent. Ses yeux bleus restaient rivés sur Blaise tout du long. Le garçon lisait de son côté, intervenant de temps à autre pour compléter les explications sans lever le nez des pages.

Il finit par refermer le volume et leur soumit une version moins édulcorée de la mort du roi Basile. Les théories brumeuses de Merry à propos de la petite cuillère s'éclaircissaient au fur et à mesure de son récit.

— C'est donc ça qui est *si* important ! Une preuve de régicide !

— Laisse le prince terminer son histoire ! Et la servante, alors ? Une empaffée exécutée pour rien ? *Dia-bo-lique !*

Dans la bouche de la jeune fille, le mot sonnait comme un compliment.

— Oui, enfin… bafoua Blaise.

— Dites-nous tout ! l'encouragea Tristabelle. Ne nous épargnez aucun détail croustillant. Sauf si vous pensez que Merry est trop jeune pour les entendre…

— La ferme, Tristabelle ! protesta cette dernière.

— Ce que ni Dolorine, ni les Vermeils, ni les Sépulcres ne savent, c'est que la liaison de Basile et de ma mère remontait à… (Il croisa les bras sur sa poitrine, hésitant.) Le Conseil des Huit, ça vous parle ?

— Bien entendu. Nous sommes peut-être des roturières, mais pas des incultes ! proclama Merry. C'est l'assemblée véreuse qui nous mène la vie dure, au cas où le gant de fer de la Reine ne suffirait pas… Les représentants choisis par les Huit Maisons pour discuter avec notre chère despote de la meilleure façon de nous gouverner, de nous écraser de nouvelles taxes, de nous faire courber l'échine sous de nouvelles lois… Et chaque fin d'année, au mois de démembre, ce conseil infect se réunit au Palais… D'ailleurs, voilà qu'approche la date fatidique, n'est-ce pas ?

— Bravo, brindille ! l'applaudit Blaise. Tu en as sous le capuchon. Mais est-ce que tu savais que le Conseil des Huit *décidait* des prochains dirigeants de Grisaille ?

— Ah ? intervint Tristabelle pour ne pas être en reste. Je croyais que la couronne se transmettait aux enfants du Roi et de la Reine dès qu'ils atteignaient dix-huit ans. En commençant par l'aîné, ça va de soi.

Elle posa un regard insistant sur sa sœur, que Merry feignit ne pas relever.

— C'est exact, dit Blaise. Mais il arrive que les monarques décèdent sans laisser d'héritier direct. Ça arrive plutôt souvent, d'ailleurs… les choses étant ce qu'elles sont, à Grisaille… Dans ces cas-là, c'est le Conseil qui décide en votant. Chaque Maison dispose d'une seule et unique voix. La situation s'est présentée avant l'arrivée au trône du roi Basile et de notre actuelle reine Aubépine.

— J'ai entendu parler de ça, affirma Merry. Le roi Diego et la reine Carolyna, ainsi que tous leurs enfants, ont fait une embardée en fiacre par-dessus la falaise du palais. Il paraît que leurs chevaux se sont emballés. Effrayés ou dérangés par quelque chose.

— Un nuage de spores urticantes, porté par une curieuse brise à contrevent du zéphyr qui soufflait ce jour-là... ajouta Blaise. Et par une coïncidence totale, les votes du Conseil sont allés droit dans les urnes des Du Lys et des Tourmentes. Quatre et quatre. En cas d'égalité, un homme et une femme doivent être choisis au sein des Maisons désignées. Et un mariage royal scelle la décision.

— Aubépine Du Lys et Basile Tourmente, dit Tristabelle. Votre père.

— En effet. Mon père avait de l'ambition et beaucoup de soutien chez les Tourmentes. Le trône lui convenait parfaitement. Malheureusement, il avait aussi un cœur. C'est nettement moins utile quand on cherche à faire de la politique. Et ce cœur appartenait à...

— Joséphine Lhortie ! lancèrent les deux sœurs à l'unisson.

Blaise hocha la tête.

— S'en est suivi un triangle amoureux classique, terriblement banal même, et un dénouement d'autant plus tragique que prévisible : le Roi meurt, la servante est liquidée, la Reine triomphe. Rideau.

Maintenant, la conspiration se dévoilait avec clarté à Merry. Et une fois n'était pas coutume, Dolorine se trouvait bien en avance sur ses aînées au regard de toute l'histoire. Sauf que cela n'avait rien d'un jeu.

Elle redoubla d'inquiétude.

— Hmpf ! Voilà ce qui arrive quand on s'acoquine avec des gens en dessous de sa condition ! réprouva Tristabelle, qui ne partageait guère ses angoisses. Il aurait mieux fait d'abandonner la servante et de se consacrer à sa reine…

— Tristabelle !

— Laisse, Merry… s'amusa Blaise, un peu mélancolique. Tristabelle a raison. On ne peut pas tout avoir, ni au jeu de l'amour ni à celui du pouvoir. Alors les deux… Il faut faire des choix. Et nous voilà tous dans ce beau bourbier par la faute de mon père.

— *Sa* faute ? s'exclama Merry. Il a été empoisonné par la Reine !

— *Ouin, ouin, ouin…* se moqua Tristabelle. Un vrai bébé, notre Merry ! Ne faites pas attention à elle. Vous allez vous venger de la Reine, c'est ça ? Grâce à la petite cuillère ?

— Pas tout à fait. Comme je vous le disais, Oswald Sépulcre et Ludmila Vermeil, la dame de compagnie de la Reine, ont fait ce que tout bon citoyen de Grisaille aurait fait à leur place : ils ont décidé de tirer le plus grand avantage possible de la situation.

— Je comprends mieux pourquoi tu en voulais autant au patriarche… Il aurait pu dénoncer le meurtre, mais il a préféré comploter.

— Oui. Le complot est un jeu qui rapporte, et d'une simplicité déconcertante. Il leur suffisait de faire profil bas, de garder toutes les cartes dans leurs manches – moi chez les Vermeils ; la cuillère chez les Sépulcres – et de les abattre au moment opportun. J'ai fêté mes dix-huit ans au mois d'opprobre…

— Vous pouvez donc réclamer le trône, résuma Tristabelle, le souffle court.

Sa façon de se délecter de la situation inquiétait Merryvère. Elle la connaissait curieuse, mais c'était la première fois qu'elle la voyait aussi *intéressée* par quoi que ce soit. Par *qui* que ce soit, même. Deviner ce qui se tramait actuellement sous les boucles rousses de sa grande sœur n'était ni bien difficile ni bien rassurant : Merry avait l'impression d'observer l'océan former un énorme raz-de-marée depuis la côte sur laquelle il allait ensuite s'abattre.

— Prendre le trône était le plan d'origine, confirma Blaise. Oswald Sépulcre et les Vermeils comptaient accuser publiquement la Reine au prochain Conseil des Huit, avec la petite cuillère pour preuve. Les rituels nécromantiques de la Garde Spectrale auraient révélé le meurtre, et mon existence par la même occasion. Je devais faire mon entrée après l'exécution de la Reine, en choisissant une Vermeil pour épouse.

— Mais qui aurait fait confiance aux révélations du *memento mori* ? demanda Merry. Seuls les Sépulcres peuvent en exposer les secrets.

— Les autres Maisons ne peuvent pas parler aux morts, certes, mais elles ont bien d'autres moyens pour s'assurer de l'impartialité des investigateurs : hypnotisme, envoûtement, élixirs de vérité… D'ailleurs, Oswald a jalousement gardé le secret sur sa conspiration, même auprès du reste des Sépulcres. Et pas seulement par prudence ou à cause de son foutu ego !

— Il voulait que les nécromants puissent affirmer qu'ils n'étaient au courant de rien en cas de contre-examen, n'est-ce pas ? supposa très justement Tristabelle. La vérité peut se révéler pratique… de temps à autre.

Merry, soucieuse d'amener la conversation sur un terrain où sa sœur serait moins à son aise qu'avec ces intrigues de cour et ces manigances, rebondit sur les propos de Blaise :

— Sauf que les sales plans du patriarche sont tombés à l'eau. Ou par la fenêtre, plus exactement.

— Oui. Le vieux avait bien préparé son coup, mais négligé un détail : les alliances entre Maisons des Huit se désagrègent plus rapidement que de la peau de momie. Alors, dix-huit ans d'alliance secrète… c'était beaucoup trop naïf.

— Les Vermeils lui ont sauté à la gorge ? suggéra Tristabelle.

— Absolument. Ils voulaient plus qu'un pied dans le palais. Ils voulaient la couronne tout entière. (Il s'assit sur un tabouret de la cuisine, l'air abattu.) Depuis des années, je vis otage des Vermeils ; de même pour ma mère, chez les Sépulcres. Les vampires m'ont élevé, puis formé avec leurs Assassins Écarlates. J'ai gagné leur confiance en devenant l'un de leurs meilleurs éléments. Il y a trois ans, ils m'ont révélé toute l'histoire.

— Comme ça ? s'étonna Merry. Rien que pour tes beaux yeux ? J'ai dû mal à y croire.

— Moi, non… soupira sa sœur.

— Une fois le trône acquis, ce vieux corbeau d'Oswald comptait utiliser ma mère pour me manipuler comme un pantin… Son chantage aurait sûrement marché si les Vermeils ne m'avaient pas proposé de damer le pion aux Sépulcres. Le plan était presque identique. J'épouserais toujours Natalia Vermeil, et si je le souhaitais, je pourrais alors accéder à l'éternité auprès de ma charmante compagne. D'un seul coup de crocs.

Merryvère se crispa en entendant ressurgir le nom de Natalia. Impossible de l'oublier.

— Et vous avez attendu trois ans pour vous venger ? questionna Tristabelle. Moi, je n'aurais pas pu tenir trois heures !

Blaise fit courir ses doigts sur la lame de son épée, pensif.

— Oswald devenait peut-être sénile, mais sa paranoïa le rendait très difficile à atteindre. Je n'ai trouvé qu'une seule faille dans sa sécurité personnelle : il ne pensait pas que j'oserais le menacer tant qu'il détenait ma mère. Et particulièrement pas le jour où tous les Sépulcres se trouvaient réunis sous le même toit.

— Le jubilé du patriarche, réalisa Merry. Il ne s'attendait pas non plus à ce qu'on le cambriole, apparemment. Peut-être que tu n'es juste pas très doué pour dénicher les failles…

— Parce que tu crois *vraiment* que tu aurais grimpé plus de vingt mètres avant que les gargouilles ne s'animent et ne te broient en morceaux, si je n'avais pas désactivé les défenses d'Oswald au préalable ? Tu nous as fait repérer par tous les gardes du quartier, je te signale ! J'ai failli y rester !

— Allons, pour une fois que Merry réussit quelque chose de bien… fit Tristabelle, enjôleuse. Nous ne nous serions pas rencontrés, autrement.

— Alors quoi, maintenant ? s'emporta Merry à son tour. Si tu retrouves la cuillère, tu vas faire exécuter la Reine et devenir le nouveau Roi ? Une Vermeil à tes côtés ? Cette *Natalia* ?

— Je ne vois pas en quoi ce sont tes oignons… répliqua Blaise.

— Elle a tué Kat ! C'est un monstre !

— Comparée à qui ? tonna-t-il. Aubépine Du Lys, qui empoisonne mon père et veut faire exécuter une servante innocente ? Oswald Sépulcre, qui exécute *réellement* une servante innocente, couvre les traces du meurtre et nous traite, ma mère et moi, comme des esclaves depuis vingt ans ? Ou n'importe qui d'autre à Grisaille, vraiment ! Qui n'est pas un monstre ici, Merry ?!

Ils se foudroyèrent du regard, tandis que Tristabelle dépiautait une page du journal de Dolorine d'un air absent.

— Ma sœur a soulevé un point intéressant, hasarda-t-elle tout en continuant ses serpentins de papier. Vous ne pouvez quand même pas épouser une Vermeil ! Ce n'est pas pour rien que toutes les autres Maisons les détestent. S'ils gouvernent – éternellement – avec autant de bon sens qu'ils choisissent leurs vêtements, Grisaille court à sa ruine. Ou pire, à une saison entière où la dentelle noire serait de nouveau à la mode…

— Rassurez-vous, dit Blaise en retrouvant son flegme, je ne pense pas non plus que Natalia ferait la meilleure des reines. Et elle n'en deviendra jamais une grâce à moi.

— Vous ne souhaitez donc pas l'épouser ? Heureuse nouvelle ! Il n'y a quand même pas déjà quelqu'un d'autre dans votre vie ?

Une ombre passa sur le visage de Blaise.

— Non, je ne souhaite pas plus épouser Natalia qu'une autre… Pas plus que je ne souhaite régner sur Grisaille ou devenir un vampire, à vrai dire. J'ai joué le jeu chez les Vermeils du mieux que j'ai pu. Et j'ai apparemment réussi,

Natalia est très attachée à moi… Même si c'est difficile à affirmer, vu les passions erratiques des vampires.

Il rengaina son épée avec détermination. Merry le laissa faire sans mot dire.

— Tout ce que je sais, c'est que je ne ferai pas payer la Reine au détriment de ma mère. Si je récupère la cuillère, je compte la détruire. Retour à la normale, existence ordinaire… Peut-être enfin la paix pour nous.

— Personne dans votre vie, donc… conclut Tristabelle en ignorant tout le reste.

XX

Ils quittèrent la demeure des Carmines au crépuscule.

Merry souhaitait qu'ils partent plus vite, mais Tristabelle avait insisté pour « sécuriser la maison ».

Merry et Blaise avaient donc remis la porte d'entrée sur pied, verrouillé les fenêtres et déplacé des meubles à des endroits stratégiques afin que personne ne puisse s'embusquer entre deux recoins. Quant à Tristabelle, censée s'occuper de l'étage, eh bien… Merry doutait que la sécurité de leurs chambres se trouve grandement améliorée, étant donné que sa sœur venait de mettre l'heure à profit pour enfiler une robe à bustier et se lustrer les cheveux.

Un brin gênée par la piètre figure qu'elle offrait maintenant à côté de son aînée resplendissante, Merryvère dut s'accommoder au mieux de ses principes et de sa tenue minable : il fallait retrouver Dolorine de toute urgence. La pauvre petite ignorait tout des menaces qui gravitaient autour de la cuillère en argent…

— On va commencer par aller voir ta mère, Blaise. Et ensuite, l'entrepôt du questeur. Dolorine a peut-être suivi les rapiécés qui ont emporté les meubles. Elle est très – *trop* – curieuse. En plus, il n'est pas impossible qu'elle ait vraiment rangé ta cuillère dans le vaisselier…

— Et tu comptes cambrioler un entrepôt royal ? Juste pour te débarrasser plus vite de moi ? ricana-t-il. Ça ne va pas être simple.

— On réfléchira à un plan le moment venu, répondit Merry avec sévérité. Concentre-toi sur ma petite sœur !

— Mère ne t'a pas élevée pour épancher ton affreuse humeur sur nos invités ! la tança Tristabelle. Surtout des gentilshommes ! (Elle posa une main conciliante sur l'épaule du garçon.) Blaise, avant que nous ne partions, j'ai pour vous une question de la plus grande im-por-tance.

Comme elle avait son attention, la jeune fille souleva les plis de son jupon pour révéler ses escarpins. Et même un peu plus haut. Blaise détourna les yeux de ses mollets, mais après une seconde de flottement que Merry n'apprécia guère… parce qu'ils étaient *très pressés*, assurément.

—Voyez la hauteur de mes talons, n'est-ce pas ? indiqua Tristabelle avec un sourire badin. C'est peut-être un choix trop au-da-cieux si nous comptons marcher jusqu'aux Allées-Creuses. L'escapade d'hier, toute cette course nocturne… J'en ai encore mal aux chevilles. Je ne suis pas douillette, mais pensez-vous que je devrais changer pour des ballerines avant que nous nous mettions en route ? Je vous laisse en décider.

— Moi ? Je… Eh bien…

— Tu te fiches de qui, Tristabelle ! Tu crois qu'on a du temps à perdre en chaussures ? Je te préviens : si tu retournes dans ta chambre, nous partons sans toi !

— Inutile de s'énerver, fit Blaise. Vous pouvez garder vos… Enfin, vous êtes très bien comme ça. Nous n'allons pas marcher jusque là-bas, de toute façon. J'ai une lanterne-crâne à ma disposition.

— Oh, grandiose ! dit Tristabelle en assassinant sa sœur du regard.

Merry accueillit la nouvelle avec moins d'enthousiasme et plus de fébrilité : allumez une lanterne-crâne dans les parages de Grisaille et vous étiez sûr d'embarquer sur le fiacre d'un cocher sans tête. Peu importait le lieu ou l'heure, peu importait le jour ou la saison, la fumée de la bougie s'épaississait jusqu'à devenir un nuage de brouillard épais d'où montait bientôt la cavalcade d'un attelage de chevaux squelettiques.

Le sombre fiacre était mené par un conducteur dont les bonnes manières et la conversation s'arrêtaient aux épaules, puisque tous les cochers de cette compagnie maudite avaient été proprement décapités par un baron irascible qui ne supportait plus leurs retards incessants.

Depuis, les cochers sans tête parcouraient Grisaille et les landes alentour à la recherche de voyageurs. Mais gare à celui qui monterait à bord de leur calèche sans régler sa course ! Les cochers se faisaient payer en crânes et n'hésitaient pas à se servir à la source. C'était ce point qui déplaisait le plus à Merry. Les cochers sans tête travaillaient surtout pour les moins recommandables des individus, ceux qui disposaient de crânes en abondance comme les assassins, les fossoyeurs ou les tueurs en série. Le reste des habitants de Grisaille leur préféraient des moyens de locomotion plus sûrs. Ou du moins, qui acceptaient les lys.

Mais l'heure pressait. Dolorine avait besoin d'elle et Merry ne pouvait donc pas faire la fine bouche.

Alors que le brouillard achevait d'envahir les moindres recoins de l'impasse Scolopendre et que Tristabelle prenait appui sur le bras de Blaise pour atteindre le marchepied du fiacre, Merry remarqua qu'il la regardait, elle, avec un air préoccupé.

— Tu as quelque chose à te reprocher ? lui demanda la jeune fille.

Il hésita, puis secoua la tête.

— Laisse tomber. Ce n'est pas le bon moment.

— Tu parles... maugréa Merry.

Mais elle n'insista pas.

Une fois les jeunes gens montés à bord, le cocher récupéra la lanterne-crâne. Elle se mit à flotter entre ses épaules comme une parodie macabre de tête. Un grincement d'essieu plus tard et l'attelage se mit en route.

La course jusqu'aux Allées-Creuses se déroula dans un silence de mort. Seuls les coups de fouet du cocher résonnaient dans le fiacre ; on n'entendait pas même le galop des chevaux, dont les sabots semblaient flotter au-dessus des pavés.

Merry jetait des coups d'œil inquiets par la fenêtre et ne reconnaissait aucune des rues. Tout ce qu'elle devinait au cœur de l'épais brouillard paraissait plus ancien, comme s'ils voyageaient dans le Grisaille d'antan.

Les cahots du fiacre finirent par s'interrompre, et elle ne fut pas fâchée d'entendre des jurons familiers monter de l'extérieur. La station des Allées-Creuses, peuplée de ses cochers ordinaires, s'étendait autour d'eux. Terminus.

— Sommes-nous arrivés ? demanda Tristabelle. Votre mère habite sur la place ?

— À peine plus loin, répondit Blaise. Je m'excuse, mais nous ferons le reste du chemin à pied. Personne ne connaît l'adresse exacte de ma mère, à part feu Oswald et moi, et je préfère qu'il en reste ainsi.

— Personne à part toi… et nous, donc, remarqua Merry.

— C'est vrai. Mais je n'ai pas encore entièrement décidé si j'allais vous tuer ou non, dit-il avec un sourire équivoque.

Tristabelle pouffa à la plaisanterie. Pas Merry.

Le ciel couvert de Grisaille se perçait de trouées mordorées à la lumière déclinante, irisant de couleurs les vitraux sur les sinistres bâtiments des Sépulcres. Il ferait bientôt suffisamment sombre pour que les lampasphères prennent le relais, mais Merry préférait ce simulacre de soleil à leurs lueurs spectrales. Elle regrettait juste de ne pas se trouver sur les toits pour en profiter. Visiblement, les assassins préféraient fureter à l'arrière des ruelles plutôt que d'emprunter les voies aériennes des monte-en-l'air. Une raison de plus pour la jeune fille de ne pas les apprécier.

Après avoir traversé la place principale des Allées-Creuses, ils longèrent les grilles imposantes du cimetière du Dernier-Souffle.

Même s'il ne s'agissait pas du plus vaste ou du plus fastueux des cimetières de Grisaille (les surchargées *Fosses-Très-Communes* et la princière *Fin-de-l'Éternité* remportaient respectivement ces titres), il tiendrait toujours une place bien particulière pour les sœurs Carmines : elles y avaient exhumé un cadavre trois jours plus tôt.

Trois jours... ou des lustres pour Merry, à vrai dire. Une lointaine époque où elle vivait encore dans l'ignorance paisible de tous ceux qui cherchaient à la tuer.

Blaise les fit tourner dans une ruelle si étroite qu'elle disparaissait presque sous les ombres des saules éplorés. Ils se retrouvèrent dans l'arrière-cour d'une scierie. Des tas de planches et des copeaux de bois encombraient le terrain vague.

— La palissade du fond, indiqua Blaise. Un raccourci bien pratique. Et discret.

Il fit coulisser les planches, suffisamment pour que les jeunes filles puissent passer. Tristabelle se lança dans l'ouverture la première, avant de reculer aussitôt. La pointe de son ombrelle faillit éborgner Merry.

— Fais gaffe avec ça ! Je suis juste derrière to...

Sa protestation mourut en voyant un homme sortir de l'interstice. Un homme patibulaire qui brandissait un lourd bâton couvert de clous rouillés. Au même moment, une voix monta dans leurs dos :

— Zieutez-moi ça, les gars ! Elles se sont trouvé un nouveau corniaud à plumer !

Merry se retourna sur la figure adipeuse de Gros Larry. Son gang entier encadrait l'entrée de la ruelle, regards mordants et pognes serrées.

— J'te préviens, chevalier servant d'mes bottes… éructa-t-il à l'intention de Blaise. Quoi qu'ces biches t'aient promis, t'en verras pas la couleur ! T'ferais mieux d'ramasser les osselets qu'il te reste et d'filer ! Avant que ça t'coûte encore plus !

Il se dandina jusqu'à eux. D'autres brutes s'extrayaient de la palissade, coinçant toute retraite. Merry palpa ses dagues ; Blaise tapota le pommeau de son épée. Seule Tristabelle trouva opportun de ne rien faire, si ce n'est tourner et retourner son ombrelle contre son épaule dans une parfaite manifestation d'impassibilité. Ou, plus vraisemblablement, d'ennui.

— Dis donc, Kat, tu m'as l'air un peu pâlotte ! continua Gros Larry en cherchant à dévisager cette dernière. Et c'est quoi ces frusques de cossue ? Ah, mais c'est pas elle, en fait !

— Merry, ce gros porc fait partie de tes… fréquentations, je suppose ? renifla Tristabelle.

— Ouh ! Tranchante, celle-là… En parlant de trancher, Merry, t'as mon oseille ou j'commence par m'occuper de tes doigts fouineurs ?

Le pansu sortit un hachoir de sa vaste ceinture. Des traces sombres, qui n'étaient certainement pas de la sauce de spaghettripes, maculaient l'énorme lame.

Merry ne se laissa pas intimider : des soucis plus gros que Larry ou sa lame lui pesaient sur le cœur. Elle en avait aussi plus qu'assez de se laisser tirailler à droite et à gauche par toutes les brutes de Grisaille comme un agneau poussé vers l'abattoir.

Un agneau à bout de nerfs, ça peut finir par vous boulotter un doigt… se convainquit la jeune fille.

— Protège Tristabelle, murmura-t-elle à Blaise.

— T'emballe pas, brindille. Ils sont un paquet.

N'en déplaise à l'assassin, seule une action audacieuse (d'aucuns diraient suicidaire) retournerait la situation en leur faveur. Merry connaissait suffisamment les bas-de-plafond de Gros Larry pour savoir qu'ils étaient incapables de lacer leurs bottes sans l'aide de leur chef. Elle devait donc frapper vite et fort. Trancher dans le gras du problème, en somme.

— Je n'ai toujours pas tes sous, Larry. Mais si tu tiens vraiment à recevoir de l'argent, voilà un acompte ! rugit-elle en tirant ses poignards.

Elle aurait probablement réussi à les lui flanquer dans le bide si la lame du hachoir n'avait pas été aussi imposante : surpris par la charge de la jeune fille, Larry l'avait plaqué contre lui comme un bouclier de fortune. Les couteaux de Merry heurtèrent le métal crasseux.

Du coin de l'œil, elle aperçut les malfrats qui se précipitaient pour venir en aide à leur patron. Merry lâcha ses poignards pour maintenir le hachoir de Larry coincé sur son ventre, sans qu'il ne puisse le dégager, puis le poussa de toutes ses forces. Le poids du bougre les entraîna à travers une fenêtre de la scierie.

Ils s'étalèrent entre les éclats brisés et les copeaux épais qui tapissaient le sol. Leur entrée fracassante alerta le contremaître de la fabrique, qui avisa les dégâts causés en une fraction de seconde, et les dégâts probables en moins de temps encore, puis abandonna son poste pour aller chercher du renfort.

Sonné mais pas hors course, Gros Larry tourna ses yeux bovins vers la jeune fille.

— Attends que j'te chope ! Ça va pisser des globules !

Merry se dégagea en grande hâte. Une fois debout, elle lui balança son pied au visage, transformant son nez bouffi en tomate trop mûre. Larry se releva en beuglant sa rage.

Autour d'eux, des tapis mécaniques déversaient un flot continu de troncs d'arbres jusqu'à de massives scies circulaires qui les taillaient en planches. Le vacarme strident vous prenait aux tempes et l'air empestait la sève et la sciure. Le formol aussi, parfum acide d'une centaine de rapiécés qui s'affairaient là-dedans. Tous avaient fixé leur regard vide sur les nouveaux venus, mais sans cesser de travailler. Le ballet de leurs gestes répétitifs n'en devenait que plus inquiétant.

Merry sauta sur une des chaînes de travail, bondit sur un tronc, manqua de perdre l'équilibre lorsque deux rapiécés tirèrent le tronc devant la scie, cabriola jusqu'à un autre tapis mécanique et se laissa porter par le mouvement. Elle comptait gagner la sortie, puis rejoindre l'arrière-cour maintenant que la bande de truands se trouvait divisée.

Gros Larry se lança à sa poursuite avec beaucoup moins de grâce. Trop volumineux pour grimper sur les bandes transporteuses, il se contenta de jouer des coudes dans les allées de la scierie.

Les rapiécés se laissaient bousculer, rudoyer – piétiner, même – par Larry sans interrompre leurs tâches. Un des cadavres ambulants vint bloquer sa charge de sanglier en voulant décharger un wagonnet de bûches ; Larry l'envoya bouler jusqu'à une scie circulaire. L'acier dentelé découpa le rapiécé en deux moitiés égales, laissant juste un peu de sang noir sur la lame. Le morceau de viande avariée ne parut pas en souffrir, puisqu'il se mit à ramper sur les coudes avec sa moitié du haut, tandis que celle du bas marchait jusqu'à son poste, prête à reprendre le travail malgré son absence de mains.

Avisant la lourde porte de l'entrepôt, Merry se rendit compte qu'elle ne pourrait pas pousser toute seule les doubles battants. Elle se décida plutôt à les escalader jusqu'à une lucarne ouverte sur la rue. Mais avant, une diversion s'imposait : les hommes de Larry pénétraient dans la scierie.

Elle jeta un coup d'œil à la ronde et remarqua le jeu complexe de poulies et de cordes qui servait à manœuvrer les troncs les plus imposants. L'un des cordages pendait du plafond, droit devant elle, et il ne lui fallut pas longtemps pour y grimper. Une fois en haut, elle s'assit à califourchon sur le tronc et cisailla les câbles un à un, jusqu'à ce que la masse de bois aille s'écraser en contrebas.

Merry avait pris la précaution de garder une corde intacte pour éviter sa propre chute, aussi put-elle observer avec prudence l'impact – considérable – de sa diversion : les troncs se mirent à pleuvoir partout dans la scierie, fauchant les rapiécés, écrasant les wagons, broyant les scies. Les larbins de Larry se carapatèrent du mieux qu'ils purent. La pluie de conifères les ralentit juste assez pour que Merry puisse s'esquiver par la lucarne.

La jeune fille retomba dehors avec souplesse, pile sur l'allée où Blaise les avait conduites.

Une brise froide s'était levée à travers la nuit ; le vent faisait frissonner les saules qui bordaient le cimetière. Les lampasphères éclairaient le parvis de la scierie d'une lumière tremblotante.

Merry s'épousseta, allait se remettre en route, s'arrêta net.

Non loin des grilles du cimetière, quelqu'un l'attendait.

— Merry… Tu n'étais pas chez toi.

Merry avait déjà reconnu la silhouette familière avant même qu'elle ne lui adresse la parole :

— Katryan ! Tu es vivante !

— Oui… répondit Kat. Et tu n'étais pas chez toi. Nous devions nous retrouver chez toi.

Elle quitta les grilles pour avancer vers le parvis.

Transportée de joie, Merry la contempla avec un sourire niais pendant qu'elle s'arrachait à la pénombre. Son amie portait une robe à faire pâmer de jalousie Tristabelle – sauf pour les franges de dentelle noire – et un ruban de soie, qui complétait l'ensemble autour de son cou en…

Une voix s'éleva aux alentours :

— Ne t'approche pas d'elle !

Blaise venait de surgir de la ruelle adjacente, l'épée au clair, une fraîche estafilade sur le front. Mais le sang qui maculait ses vêtements et sa lame ne paraissait pas être le sien. Tristabelle l'accompagnait, égale à elle-même. À un détail près : le manche de son ombrelle s'arrondissait d'une courbe bizarre, probablement après avoir frappé un objet solide. Merry pariait sur le crâne d'un malpoli.

Lisant le doute qui persistait sur le visage de la jeune fille, Blaise hurla de plus belle :

— Regarde-la ! Regarde-la *vraiment* !

Ce qu'elle fit. Merry s'aperçut alors que tout clochait : les cheveux de Katryan, d'habitude si rebelles, étaient plus lisses qu'un miroir, et la chaude couleur caramel de sa peau s'était comme éteinte, figée sous une patine blafarde qui glaçait ses traits. Seuls ses yeux de chat paraissaient vivants. Pour le reste, un magnifique cadavre.

— J'ai si faim, Merry… soupira Kat. Elle m'a dit que je n'avais pas le droit de me nourrir tant que nous ne t'aurions pas retrouvée.

— Je… je suis désolée, Kat. Tellement désolée.

— Ce n'est pas grave… Nous sommes amies, les meilleures amies. Tout se pardonne entre amies.

Elle se trouvait maintenant suffisamment près de Merry pour qu'elle se rende compte de sa première erreur : ce n'était pas un ruban qui entourait le cou de Katryan, mais d'épais points de suture. On lui avait recousu la gorge sur toute sa longueur. Presque aussitôt, Merry prit conscience de sa seconde erreur : Katryan se trouvait maintenant beaucoup trop proche d'elle.

— Sois mon amie, Merry… dit Kat en souriant. Sois mon amie… et laisse-moi te mordre.

La monte-en-l'air resta pétrifiée devant la vision de ses crocs. Blaise tira Merry en arrière, juste avant que Kat ne l'attrape. Sa mâchoire claqua comme un piège à loups. La vampire se mit à griffer frénétiquement son propre visage.

— Non, non, non ! gémit-elle. Merry, je ne veux pas ! Mais j'ai si faim…

Les griffures sur son visage se refermaient dans la seconde, laissant à peine perler le sang. Kat luttait pour se contrôler. Et elle perdait le contrôle, aucun doute là-dessus.

Blaise ramena Merry vers la ruelle, mais elle s'arracha à sa prise et le gifla.

— Tu le savais ! l'incendia-t-elle. Tu le savais, qu'elle était toujours vivante !

Blaise soutint un instant sa colère, puis finit par baisser les yeux.

— Comment oses-tu poser la main sur mon fiancé, petite peste ? gronda une autre voix.

Pas au meilleur de ses facultés, Merry crut tout d'abord qu'il s'agissait de Tristabelle. En réalité, sa sœur observait le spectacle depuis les marches d'un hôtel particulier, avec la curiosité malsaine des badauds devant une scène de crime.

Une autre silhouette bien connue – hélas – de Merry émergea du cimetière. Elle portait la tenue de monte-en-l'air de Katryan, qu'elle avait davantage échancrée et recouverte de dentelle, comme un chasseur porterait une peau de bête après l'avoir écorchée. Du sang séché maculait encore tout le col.

— Natalia, la salua froidement Blaise. Comment nous as-tu retrouvés ?

— Facilement. Notre nouvelle protégée nous a montré le chemin jusqu'à leur taudis.

— Kat ! protesta Merry. Comment as-tu pu nous faire ça ?!

Elle n'obtint pas de réponse convaincante. Le comportement de son amie devenait de plus en plus erratique : la jeune femme se déplaçait maintenant de façon complétement désordonnée – deux pas en avant, un à gauche, trois en arrière.

— Tellement faim, Merry… Tellement faim…

Kat poussa une plainte déchirante et une larme de sang se mit à couler sur sa joue. Ses lamentations rappelèrent à Merry le désespoir de la gorgone.

— Qu'est-ce qui lui arrive ? fulmina-t-elle. Pourquoi la torturez-vous ainsi ?

Ses poignards lancèrent des étincelles d'argent en sortant de ses manches. En réponse, d'autres silhouettes émergèrent des ombres et tombèrent des toits. Masques rouges, capes vermeilles, œillades assassines…

Blaise stoppa Merry de la main.

— Tu n'étais pas là, chéri, continua Natalia. Ça, ce n'était pas convenu ! Et ton sang – ton délicieux sang sucré – parfumait toute la cuisine.

La brune vampirique caressa la joue de Blaise puis arracha d'un coup son pansement, si sèchement que le sang se remit à couler.

— Naturellement, je n'ai pas eu peur pour toi, mon berlingot. Il y en avait à peine de quoi remplir un dé à coudre… Suffisamment pour te suivre à la trace, c'est tout.

Comprenant le fin mot de l'histoire, le jeune homme porta un regard fâché à l'adresse de Merry.

— Tu as la cuillère, amour ? s'enquit Natalia. Ce n'est pas grave si tu ne l'as pas. Je veux juste savoir si je peux arracher la langue de cette péronnelle ou si je dois me contenter de ses…

Un grincement couvrit ses menaces. Les doubles battants de la scierie s'ouvrirent avec lourdeur.

— Si quelqu'un doit arracher quoi qu'ce soit à la Merry, c'est moi ! vociféra Gros Larry. T'attendras ton tour, ma grande.

Merryvère l'avait complètement oublié – un exploit, vu la corpulence du malandrin. Ses hommes avaient fini par dégager suffisamment de troncs d'arbres pour se frayer un passage dehors. Beaucoup d'entre eux soufflaient et suaient à grosses gouttes après tant d'efforts, même si leurs visages mauvais conservaient toute leur combativité.

Derrière la rangée de voyous, les rapiécés de l'usine s'agglutinaient comme une foule de spectateurs aveugles.

— Pourquoi tout le monde est si *impoli*, ce soir ? se lamenta Natalia devant ses Assassins Écarlates. Massacrez-moi ces gêneurs !

— HALTE ! Foutus Vermeils, vous revoilà encore !

Mené par un sergent et son porte-voix, un troisième groupe apparut dans l'allée. Merry reconnut les manteaux noirs et les tricornes : les Gardes-Caveaux. Le contremaître de la scierie les accompagnait. Il pointa le doigt vers Merry et Gros Larry. Les miliciens s'avancèrent alors, dégainant leur propre arsenal – d'abord de longues faux à lame d'os, puis de courtes faucilles en argent. L'argent restait le métal le plus efficace contre les morts-vivants. Ainsi que contre certains lycanthropes, dont une espèce particulièrement horripilante de cafards-garous…

— HALTE ! ordonna de nouveau le sergent, à mi-chemin. N'est-ce pas aussi la suspecte du meurtre du patriarche que j'aperçois là ?

— J'crois bien, chef! approuva l'un de ses hommes. En tout cas, elle ressemble pas mal aux visions récoltées sur cette dégoûtante robe de chambre…

Merry essaya sans succès de se faire toute petite.

— Déposez vos armes sur le sol et rendez-vous immédiatement, signala le sergent à l'ensemble du parvis.

— Toi l'premier, face de corbeau ! rétorqua Gros Larry sous les vivats des voyous.

— Qu'est-ce que vous attendez ? s'impatienta Natalia. Capturez la fille et exterminez tous les autres ! Repeignez-moi cette place avec leur sang ! Je veux des guirlandes de tripes et des graffitis à la bile !

Toujours assise sur les marches, Tristabelle ne perdait pas une miette de ces évolutions. Si du maïs avait poussé à Grisaille, elle se serait probablement mise à chercher partout du pop-corn.

— Par les épouvantails ! lança-t-elle à sa petite sœur. Comment arrives-tu à t'attirer autant d'ennemis en si peu de temps, Merry ? J'en suis *presque* jalouse…

XXI

S'ENSUIVIT UNE ÉCHAUFFOURÉE inscrite sous le matricule « Incident 4752 » dans les archives administratives de la police royale. Les survivants, quant à eux, préféraient s'en souvenir comme « Quinze minutes d'un foutoir sans nom ».

Beaucoup d'historiens s'accordent à dire que la Révolution de Grisaille commença ici, dans le chaos d'un combat acharné entre des nantis, des roturiers et des crétins. Mais les conséquences de cet épisode dépassent très largement le cadre de ce récit. On s'intéressera donc davantage aux étincelles de violence qui servirent de prélude à ce séditieux feu d'artifice.

Dans un cas comme dans l'autre, le spectacle fut très divertissant pour tout le monde. À l'exception, peut-être, des victimes.

À 23 h 47, le sergent Lucien Sépulcre lança la charge depuis son porte-voix. L'ordre ne fit pas long feu, puisqu'un des assassins le décapita d'un revers de son épée. La tête du sergent roula à droite d'une bouche d'égout tandis que son porte-voix roula à gauche.

À 23 h 48, la mêlée confuse battait déjà son plein : Edmond Sépulcre faucha de part en part Anton Vermeil avant de se faire enfoncer la cage thoracique par la matraque cloutée de Robert Égrugeoir, qui s'écroula lui-même, éventré, sous les coups de Mathias Sépulcre, lequel se fit percer le poumon d'une estocade de Stefan Vermeil alors que Guy-la-Balafre lui poussait son surin dans la nuque au moment où Anton Vermeil lui tranchait la gorge. Les six hommes dégringolèrent comme une rangée de dominos.

À 23 h 49, Natalia Vermeil attrapa Merryvère Carmine par le col et la souleva sans plus de difficulté qu'un ballot de chiffons. Elle comptait l'envoyer valdinguer contre la façade de la scierie. Fort heureusement, Merry lui planta son poignard dans l'articulation du coude.

La chair de Natalia se mit à fumer au contact de l'argent. Elle dut se contenter d'un coup de poing maladroit dans le plexus de sa victime. Merry en eut tout de même le souffle coupé, comme si elle venait de recevoir une poutre en pleine poitrine.

Natalia en profita pour arracher le couteau et le balança derrière elle, où un Garde-Caveau malchanceux du nom de Léopold Sépulcre le reçut droit dans l'œil. Dire qu'il venait de rejoindre les rangs des miliciens le jour même, sous la pression de sa belle-mère et l'insistance de sa petite amie… En plus, c'était son anniversaire.

À 23 h 50, Gontran Barbotine, dit Fourmi (il mesurait deux mètres seize), glissa sur le porte-voix de Lucien Sépulcre. Son crâne frappa le sommet d'une lampasphère dans sa chute. Le choc brisa le verre, répandant tout autour de lui un nuage de vapeurs hurlantes. Fourmi mourut d'un arrêt cardiaque fulgurant.

À 23 h 51, d'autres Gardes-Caveaux surgirent des ruelles environnantes. Ils traînaient des cages en fer forgé d'où s'échappaient des grognements flasques.

— Lâchez les goules! ordonna le capitaine de la nouvelle escouade.

Les barreaux des cages tombèrent, libérant des créatures grotesques qui tenaient autant du rat-taupe que de la poiscaille abyssale. Une odeur nauséabonde envahit la place. Les bestioles secouèrent les plis de leur peau rosâtre et couverte de croûtes, puis se mirent à claquer en chœur leurs mâchoires pleines de crocs.

En théorie, les goules ne mangeaient que des cadavres. Dans la pratique, il suffisait de les affamer pendant une bonne semaine pour leur redonner goût à la chair plus vivace – les mollets bien tendres, en particulier. Inquiets pour leurs jarrets, beaucoup des combattants se mirent à courir.

À 23 h 52, Gros Larry faillit abattre son couperet sur le dos de Merry. La jeune fille se préparait à escalader le tronc du saule le plus proche pour échapper aux goules. Blaise trancha le poignet du chef de bande avant qu'il ne puisse la surprendre. En tombant, son hachoir lui sectionna également deux orteils. Saignant et hurlant, Gros Larry se mit à claudiquer jusqu'à ses hommes.

À 23 h 53, Hippolyte Grangousier sortit de ses chausses une bourse remplie de poudre noire. Il en alluma la mèche cireuse grâce à sa lanterne et s'apprêtait à lancer sa bombe improvisée lorsque trois goules se jetèrent sur lui.

Le gredin lâcha la bourse dans sa débâcle. Elle explosa en touchant le sol. Des morceaux indistincts – homme, goule, marbre – se retrouvèrent catapultés dans la nuit. Pire, la déflagration enflamma la peau desséchée des rapiécés de la scierie aussi aisément que de l'amadou. Incommodés par le feu, ils se mirent à déambuler au hasard, ajoutant encore à la pagaille.

À 23 h 54, Tristabelle Carmine déploya son ombrelle pour éviter d'être maculée par une traînée de sang. Katryan venait d'arracher devant elle – et d'une seule main – la jugulaire d'un Sépulcre qui la prenait pour une proie facile. Grossière erreur.

À 23 h 55, Merry chercha à rejoindre la toiture de la scierie depuis le haut du saule. Elle avait réussi à coincer son grappin entre deux tuiles. Un Assassin Écarlate la remarqua tandis qu'elle traversait la corde en funambule. Il arracha la faucille du Garde-Caveau qu'il venait d'occire et visa le filin pour le couper net.

Juste avant qu'il ne lance la faucille, le bras gauche de l'infortuné Hippolyte Grangousier lui retomba dessus – côté radius – et se planta dans sa boîte crânienne tel un drapeau incongru.

À 23 h 56, Sépulcres, Vermeils et malandrins s'entre-découpaient joyeusement dans une valse d'argent, d'acier et de fer rouillé. Le parfum du sang frais masquait même la puanteur des goules. Katryan n'y tint plus. Elle se laissa tomber à quatre pattes et se mit à lécher les flaques d'hémoglobine à même le sol. Ce sang-là n'appartenait plus à personne, pourquoi gâcher ?

À 23 h 57, rien de bien notable ne se produisit.

À 23 h 58, une goule s'arrêta devant les jupes de Tristabelle. La créature se mit à grogner tout en s'aplatissant sur ses pattes arrière, prête à bondir sur la jeune fille. Tristabelle lui écrasa le talon de son escarpin en plein sur le museau, l'envoyant couiner pitoyablement jusqu'à sa cage.

À 23 h 59, Blaise se retrouva acculé par trois voyous contre une stèle commémorative qui décorait la place.

Pendant qu'il parait les attaques du mieux qu'il le pouvait, Merry lui prêta main-forte depuis les hauteurs en désarmant l'un des assaillants d'un poignard bien ajusté.

Natalia, toujours à la poursuite de Merry, brisa la nuque du deuxième adversaire en passant devant eux pour escalader la façade de la scierie.

Le dernier larron était en train de se demander comment il se retrouvait subitement esseulé – alors qu'ils ferraillaient à trois contre un la seconde précédente – quand la goule geignarde que Tristabelle venait de chasser lui percuta les jambes de plein fouet, le renversant comme une quille.

Maintenant sain et sauf, Blaise se jura de ne jamais sous-estimer aucune de ces trois jeunes filles – ni aucune autre jeune fille de Grisaille, d'ailleurs.

À minuit pile, Georges Crapouillot, l'un des derniers briscards de Gros Larry, chuta mortellement sur les pavés. Il s'était perché sur un beffroi en surplomb de la rue et visait Natalia de son arbalète lorsque les cloches s'étaient mises à carillonner les douze coups à côté de ses oreilles, lui faisant perdre l'équilibre.

Sa cible atterrit sur le toit en compagnie de Merry. Elles se dévisagèrent en se tournant lentement autour, comme des louves prêtes à mordre.

Merry frappa la première. L'acier de ses griffes de monte-en-l'air lacéra les hautes pommettes de Natalia, colorant de pourpre sa chair blême. La vampire riposta avec ses propres griffes : ses ongles effilés. Merry pirouetta pour esquiver le coup mais Natalia était rapide, bien plus rapide qu'elle. La douleur lui cingla les omoplates. Le tranchant des ongles avait déchiré le cuir de sa tunique aussi aisément que du papier. Natalia lui assena également une manchette à l'épaule. Merry tomba à genoux.

À 00 h 01, Gros Larry cautérisa son moignon à vif sur le feu qui consumait les jambes d'un rapiécé. Il était à deux doigts de tourner de l'œil à cause de l'hémorragie et venait en plus de voir une goule avaler *goulûment* sa main coupée. Déplaisante image.

Les corbeaux grouillaient désormais sur les balcons et les corniches, scrutant la bataille d'un œil de gourmet en attendant son dénouement.

À moitié affalé dans le caniveau, Gros Larry perçut une vibration régulière qui montait du sol. Il en repéra aisément la source : des soldats royaux qui avançaient au pas, un régiment entier au bout de l'avenue. L'épaisseur de leurs armures leur donnait l'air de blocs de ferraille mal dégrossis, de golems au rabais.

Le ruffian tassa son embonpoint contre le pavé pour mieux feindre l'inconscience. C'était de loin la meilleure chose à faire quand on venait de la Basse-Ville et que les soldats royaux débarquaient avec leurs hallebardes.

Gros Larry se trompait pourtant sur un point : les fantassins n'étaient pas à l'origine des secousses qui agitaient le sol.

À 00 h 02, les pavés explosèrent autour des saules larmoyants. Des racines épaisses comme des lianes jaillirent de la terre battue et se contorsionnèrent dans les airs, attrapant les belligérants pour les immobiliser. Les plus récalcitrants étaient fouettés ou étranglés. Bientôt, les gardes royaux encerclèrent tous les captifs.

Depuis le toit de la scierie, Merry, Natalia et Blaise échappaient pour le moment aux soldats et aux plantes. Tristabelle également. Des racines l'encadraient, sans toutefois oser serpenter jusqu'à elle.

— On travaille de concert avec le Palais Royal, sale garce ? s'emporta Natalia, furieuse de voir ses assassins pris au dépourvu.

— Le Palais ? Es-tu complètement folle ? répliqua Merry en essuyant sa lèvre fendue. Bah, inutile de répondre…

— La ferme ! (Elle lui tordit le poignet dans le dos.) Voici une meilleure question : combien d'os allons-nous devoir te briser avant que tu ne passes aux aveux ? Je crois que je connais déjà la réponse ! Toi aussi, mon amour ?

Elle venait de remarquer Blaise, qui s'était hissé à une gouttière pour les rejoindre. Le jeune homme épousseta sa cape, la mine grave.

— Natalia… je veux que nous arrêtions de nous fréquenter.

— Quoi ?! s'écria la Vermeil, stupéfaite.

Merry en profita pour lui faucher les tibias. Le coup de pied envoya Natalia bouler jusqu'au rebord du toit. Pour éviter de tomber, la vampire plia l'échine selon un angle impossible et se redressa dans le même mouvement.

— Mais enfin, mon chéri, nous allons nous marier! Régner ensemble! continua-t-elle d'une voix cassée. Tu... ne m'aimes plus?

Blaise ouvrit la bouche, puis se ravisa. Il se contenta de secouer la tête. Alors, Natalia la sanguinaire devint d'un coup Natalia l'exsangue, la figure triste, les bras ballants le long de son corps.

Merry ne comptait pas lui laisser le temps de retrouver ses moyens. Elle fonça la tête en avant dans les côtes de la jeune femme. La fureur lui donnait des ailes, mais pas le genre d'ailes qui lui éviterait la chute qu'elle se préparait à faire aux côtés sa rivale...

Blaise rattrapa Merry juste à temps par la ceinture. Elle resta figée en équilibre précaire, suivant des yeux les contours de la Vermeil qui s'effondrait dans la nuit.

Natalia alla s'empaler sur les grilles du cimetière. La blessure aurait été fatale à une monte-en-l'air imprudente, mais pas à une vampire. Juste atrocement douloureuse. Pourtant, Natalia ne se débattait même pas : elle restait immobile, l'œil morne, le visage éteint. Le coup infligé par Merry devait lui faire un mal de chien, mais ce n'était rien comparé à celui que lui avait porté Blaise...

Merry avait presque pitié d'elle à la voir ainsi. Presque. Une psychopathe romantique restait avant tout une psychopathe : ses ecchymoses étaient là pour le prouver.

— Je trouve qu'elle l'a plutôt bien pris... déclara finalement Blaise.

Merry se demanda s'il plaisantait ou pas. Dans les deux cas, un soupir effaré constituait la meilleure des réponses.

Tandis qu'ils cherchaient une façon de vider les lieux sans se faire prendre par les soldats, un carrosse décoré à la feuille d'or fendit la foule et vint arrêter sa course devant la scierie. Ses armoiries blanche et verte établissaient son allégeance à la Maison Du Lys. La porte du carrosse s'ouvrit à la volée, laissant une silhouette chétive dévaler le marchepied avec la plus grande précipitation.

Malgré la robe de poupée, les cheveux bouclés et les coûteux souliers vernis, Merry reconnut immédiatement Dolorine. Elle eut un instant très peur que sa petite sœur ne soit aussi devenue une vampire, avant de se raviser : les Vermeils avaient rarement des traces de chocolat et des miettes de biscuit au coin de la bouche.

La figure qui descendit à la suite de Dolorine ne fut guère plus difficile à identifier… Toute la monnaie de Grisaille était frappée de son portrait.

JOURNAL SECRET ET MYSTÉRIEUX DE DOLORINE CARMINE

Volume 49

(P.-S. : Laissez mon journal tranquille, vous deux !
Ça suffit à la fin !!!)

Date : Brumhain, le 02 démembre 1888

Désolée mon journal !

Je n'ai pas pu t'écrire hier, j'étais trop occupée. Mais bon, vu que tu as laissé Tristabelle te lire, on est quittes, gros vilain ! Tu aurais pu lui claquer ta couverture sur les doigts, tout de même... Si elle recommence, je rapporterais tout à Maman et elle sera bien punie !

Donc, hier matin, on a mis le plan de l'Homme Bleu à exécution (mais non ! ça veut pas dire qu'on l'a tué, voyons...).

Je me suis levée très tôt pour préparer mon sac et des sandwiches. Mais il n'y avait rien pour faire des sandwiches à la cuisine. Même pas du pain rassis. Alors, j'ai fourré des patates plein mes poches. Ça ne m'a pas fait très plaisir, comme tu t'en doutes. J'ai aussi pris le bocal d'Archibald. Ensuite, on s'est mis en route vers la falaise.

Au bout d'un quart d'heure, j'ai dû faire demi-tour parce que j'avais oublié Monsieur Nyx ! Il en a fait toute une histoire, et l'Homme Bleu aussi, d'ailleurs. Mais je leur ai dit que s'ils n'étaient pas contents, ils n'avaient qu'à aller se trouver une autre petite fille pour écouter leurs problèmes. Personne ne m'écoute jamais, moi, d'abord... Et est-ce que je me plains ?

On a grimpé jusqu'à la falaise en suivant bien l'Homme Bleu. C'était pas facile. Peut-être que pour un grand, si, mais pas pour moi. Le chemin se tordait entre les rochers comme une chaussette sale. Et il fallait faire drôlement attention aux éboulis de cailloux. À cause du vent, j'ai même failli m'envoler. Si, si, c'est vrai, je t'assure ! Je me demande où j'aurais atterri... Peut-être sur un clocher ? Peut-être dans l'océan ? Peut-être dans une autre ville ? Une ville avec moins de patates, j'espère...

Bref, je suis quand même arrivée à l'endroit que cherchait l'Homme Bleu. C'était l'entrée d'une caverne cachée derrière un buisson d'orties. Comment je sais que c'étaient des orties ? Eh bien... en posant la main dessus, hélas. Monsieur Nyx ne m'a même pas prévenue, alors qu'il savait que c'étaient des orties ! Le méchant ! Après ne pas avoir pleuré, j'ai taillé un chemin dans le buisson avec le couteau de Merry. Je l'avais toujours, heureusement.

Dans la caverne, ça sentait le vieux fromage. On n'y voyait pas grand-chose. Si j'avais su, j'aurais mis des lucioles dans le bocal d'Archibald pour m'éclairer. Mais il y avait plein de feux follets. Un coup de chance !

Le truc avec les feux follets, c'est de s'approcher d'eux juste assez pour avoir de la lumière, mais de pas les suivre. Suivre un feu follet, c'est un coup à se noyer ou à finir dans des sables mouvants.

Même avec les feux follets, je glissais parfois dans la gadoue. L'Homme Bleu m'a dit de faire bien attention à écouter tous les bruits dans les profondeurs de la caverne. Dès que j'entendrais le clapotis de l'eau, il faudrait que je dépose le bocal d'Archibald et que je reste serrée contre la paroi de gauche. J'ai cru entendre un *plic-plic* à un moment. Mais c'étaient des chauves-souris. Ça m'a fait plaisir de croiser des chauves-souris : les corbains les ont presque toutes mangées, en ville.

Finalement, l'eau a clapoté pas loin de moi. J'étais arrivé au bord du lac souterrain. D'après l'Homme Bleu, c'était là où vit le lindwurm. Les lindwurm, ça ressemble à des crapauds albinos. Mais de la taille d'un cheval. Et vraiment dégoûtants ! Ils ont le dos recouvert de pustules. Sauf qu'en fait, les pustules, c'est des yeux. S'ils te remarquent, les lindwurm t'attrapent d'un coup de leur langue et de te gobent tout cru ! Heureusement pour moi (et malheureusement pour Archibald), ils aiment les bonnes grosses limaces plus que les fillettes.

L'Homme Bleu m'a indiqué une volée de marches taillées dans la pierre de la falaise. Elles montaient loin du lac souterrain.

J'ai enlevé mes souliers pour ne pas faire de bruit (mais je les ai gardés à la main) puis je me suis dépêchée de grimper. L'Homme Bleu a dit que c'était un passage secret connu de tous les rois de Grisaille pour se rendre en ville incognito.

« Et des reines, aussi ? », j'ai demandé.

Mais l'Homme Bleu m'a dit que non et que je comprendrais pourquoi quand je serais plus grande. Comme c'est dans longtemps et que j'aurai sans doute oublié (mais toi non, mon journal !), j'ai quand même posé la question à Monsieur Nyx. D'après lui, c'est parce c'est surtout les rois qui ont des nuits de débauchés. C'est logique de vouloir sortir du palais dans ces conditions, j'imagine. En tout cas, je ne savais pas qu'on pouvait être viré de son travail quand on était le Roi, surtout en pleine nuit...

Pendant que je montais, j'ai entendu l'eau clapoter vraiment fort et puis un bruit de bocal cassé. Pauvre Archibald. Mais c'était lui ou moi ! Et il faut toujours choisir « moi », comme dit Tristabelle.

Après avoir grimpé et grimpé jusqu'à avoir le tournis, je suis arrivée devant une grille. L'Homme Bleu a dit qu'elle n'était pas là, d'habitude. Pas la dernière fois que Joséphine et lui avaient emprunté le passage, en tout cas. Mais c'était pas grave : je pouvais passer entre les barreaux. L'Homme Bleu m'a expliqué ensuite qu'on se trouvait dans l'aile ouest du palais royal. Ça ressemblait pas beaucoup à un palais, cela dit. Plutôt à une vieille cave à vin. Monsieur Nyx n'était pas content d'être entouré de moisissures, ni de bouteilles d'alcool. Il voulait qu'on les remplisse d'arsenic ou qu'on les casse. J'ai refusé. Même que ça aurait été marrant de tout casser, on n'avait pas le temps hélas !

Une fois sortis de la cave à vin, on s'est enfin retrouvés dans un endroit qui ressemblait à un palais royal : des plafonds plus hauts que notre maison, des couloirs plus longs que toute notre impasse ! Des gros lustres avec au moins un ~~milliard~~ ~~million~~ millier de chandelles ! Des peintures de gens très pâles et très sérieux (sûrement qu'ils avaient très mal au ventre au moment de la pose...), des teintures dorées et des draperies pleines de runes, des longs rideaux de velours, des statues de gens tout nus (je couvrais mes yeux avec ma main, t'inquiètes pas !) et des meubles sans fêlures, sans rayures sur le vernis et sans trous de termites... J'avais l'impression de marcher dans la boîte à bijoux de Maman ! Merry se serait bien amusée ici, j'en suis sûre.

En plus, qu'est-ce qu'il y avait comme spectres dans les couloirs... On se serait cru dans un cimetière, un jour de marché. Les fantômes s'habillaient très chic : avec de chouettes redingotes, des robes de princesse (d'ailleurs, c'étaient sûrement des vraies princesses, maintenant que j'y pense !) et plein de collerettes et de jabots qui masquaient très bien là où on les avait égorgés, pendus ou décapités. Tout le monde voulait me demander de l'aide ou des nouvelles. C'était sympa, mais j'en avais du mal à surveiller les armures vides, à force. Ça, c'était moins drôle.

Les armures vides patrouillaient les corridors en faisant *KLONK-KLONK* avec leurs grosses bottes. Mais sur les tapis, elles faisaient que *tung-tung*, donc c'était plus dur de les repérer ! Les spectres à l'intérieur étaient pas du genre commode. Ni penderie ou tiroir, d'ailleurs. Plutôt armoire à glace. Aussi, je devais faire bien attention à pas me faire attraper. Heureusement, l'Homme Bleu se souvenait bien de tous les recoins du palais. Il disait que rien n'avait beaucoup changé en vingt ans, comme toujours avec la noblesse de Grisaille.

On a fini par arriver dans les appartements de la Reine. Seulement, quand j'ai ouvert la porte de son boudoir, la personne qui se recoiffait devant son miroir, ben... c'était pas elle ! C'était l'autre. Quelle autre, tu dis ? Allons, Journal, souviens-toi ! La dame qui reniflait Joséphine, il y a très longtemps ! Elle s'appelait « Lumila » (je crois). Ah, mais je t'avais pas dit son nom avant, en fait... Juste fait un beau dessin. Je m'excuse, alors !

En tout cas, elle n'avait pas changé d'un pouce, même après toutes ces années. J'ai essayé de refermer la porte, mais c'était trop tard ! Lumila m'avait « droit dans les mirettes », comme dit Katryan. On voyait dans ses yeux qu'elle était aussi belle que méchante. D'après Monsieur Nyx, ça va souvent de pair. Moi je pense qu'il raconte ça juste parce que Tristabelle dit toujours qu'elle m'offrira la plus belle des poupées de porcelaine si je jette Monsieur Nyx aux ordures...

– On m'envoie une pouilleuse pour le repas ? a dit la jolie méchante. J'espère que tu as meilleur goût que tu n'en as l'air...

– *AAAAAAHHH !* j'ai répondu.

Je lui ai lancé mes souliers (une mauvaise idée, ça) et je me suis enfuie à travers les couloirs.

Lumila ne pouvait pas me courir après très vite, à cause de sa robe bouffante. Mais elle a crié aux armures vides de me poursuivre ! J'ai dû leur balancer les patates que j'avais dans les poches pour les ralentir. Bon, ça ne les a pas beaucoup ralenties, en fait. Pas du tout, même. Mais parfois, quand les patates rebondissaient partout, les armures vides croyaient que c'était moi et elles se rentraient dedans.

L'Homme Bleu me faisait signe de le suivre. D'après lui, je pourrais me cacher dans le jardin d'hiver. C'est comme un jardin normal, mais à l'intérieur de la maison. Plutôt malin, je trouve ! Ça m'a donné une bonne idée : demain, j'amènerai du terreau dans la buanderie pour en faire un jardin d'hiver. Je suis sûre que ça fera plaisir à Maman.

En tout cas, le jardin d'hiver du palais, c'était plutôt un parc d'hiver. Il était si grand ! Il y avait une grille de fer pour y entrer et des arbres qui montaient jusqu'au plafond de verre. J'ai foncé vers le milieu du jardin et là, y avait une dame en houppelande verte (selon Tristabelle, c'est comme une chemise de nuit moche qui aurait voulu être une robe). Elle taillait des orties blanches et des rosiers avec des énormes ciseaux. Comme elle me tournait le dos, je me suis cachée dans un buisson. Je ne sais pas quel genre de buisson c'était, mais les branches sentaient bon la menthe.

Au bout d'un moment, un monsieur chauve avec des binocles a débarqué dans le jardin. Il s'est agenouillé devant la dame aux ciseaux et il a dit :

– Majesté, je m'excuse de vous déranger, mais il semblerait qu'une fillette se soit infiltrée dans le palais royal. D'après Dame Ludmila, elle pourrait être passée par ici.

– Cela me semble être entièrement votre problème, Horace, et non le mien... a répondu la Reine (car c'était elle ! Je l'ai reconnue quand elle s'est retournée). Si vous n'êtes pas capable d'empêcher des *fillettes* de pénétrer dans mon palais, peut-être devrais-je me trouver un nouvel intendant ?

– Cela ne sera pas nécessaire, Majesté, a fait le monsieur chauve en déglutissant. La situation est sous contrôle, je vous l'assure. Si nous pouvions juste fouiller le...

– Plus tard. Je suis en plein milieu de greffes délicates. Quelque chose d'autre avant que vous ne preniez congé, Horace ?

– Eh bien... Selon nos vigiles, les sorcières de la rue Morgue manifestent de nouveau. Contre les taxes sur les yeux de salamandre et les racines de mandragore, cette fois...

– Toujours à me casser les épines, celles-là ! Quand comprendront-elles que mandragore et salamandre sont des espèces *protégées* ? Elles n'ont qu'à utiliser des yeux de triton et des racines de sauge ! Envoyez un régiment pour disperser la foule.

– À vos ordres, Majesté.

Il s'est incliné pour faire la courbette, puis il est parti tellement vite que sa queue de pie flottait comme un drapeau derrière lui ! La Reine s'est remise à tailler dans les haies. Moi, je suis restée immobile. Il faisait bien chaud dans le buisson. Et ça sentait encore plus la menthe qu'au début. Et même la fraise et la cannelle ! Toutes ces bonnes odeurs me donnaient envie de faire la sieste.

– Tu devrais sortir avant que les attrape-lutins ne te dévorent, petite.

La Reine avait dit ça sans même se retourner vers ma cachette. C'est là que je me suis rendu compte que les branches du buisson se refermaient doucement tout autour de moi. Et elles étaient toutes gluantes, *beeerk !* J'ai sauté hors du buisson en tirant Monsieur Nyx et je me suis retrouvée face à la Reine. Et à ses cisailles.

La Reine n'était pas une très vieille dame, mais plus vieille que Maman quand même. Elle avait les plus grands yeux verts que j'aie jamais vus et de longs cheveux d'argent sous son chapeau de jardinage. Même pas une couronne de jardinage, d'ailleurs ! J'étais très déçue. Si elle avait raccourci sa coiffure, elle aurait ressemblé à Merry avec trente ans de plus. En parlant de raccourcir, j'ai cru qu'elle allait me couper la tête avec les ciseaux ! J'ai un poil paniqué et j'ai crié :

– Je viens de la part de Basile !

– Basile ? De quel Basile parles-tu ?

Mais je voyais bien dans ses yeux qu'elle savait de qui je parlais. Ils venaient de s'assombrir comme des émeraudes. N'empêche, l'Homme Bleu m'a soufflé à l'oreille quelque chose pour la convaincre :

– Il dit que vous portiez le collier de votre sœur Marguerite lors de votre nuit de noces. Celui avec lequel vous l'aviez étranglée, parce que vos parents hésitaient pour savoir qui de vous deux épouseraient le futur roi...

La Reine a lâché ses ciseaux comme s'ils étaient devenus brûlants.

– Comment peux-tu savoir cela ?!

Son visage était tordu et elle me faisait encore plus peur *sans* les ciseaux, en fait. Mais j'ai quand même continué :

– Il dit que vous êtes en danger. Il y a des traîtres très proches de vous. Et il veut vous aider. Pour se racheter. Je vais tout vous expliquer à sa place...

La Reine a eu l'air de se calmer. Mais à peine. Elle a arraché une rose avec les doigts et s'est mise à marcher vers le fond du jardin.

– Suis-moi, petite. On va vérifier la véracité de tes propos. Et gare à toi si tu mens.

Je mentais pas, alors je me suis laissée faire.

Elle m'a conduite à une sorte de clairière où y avait une fontaine, au milieu : une belle statue de femme avec des ailes de corbeau, debout sur un nuage en marbre. Elle tenait un miroir dans ses mains. Un vrai miroir, même que je pouvais me voir dedans. En dehors des ailes de corbeau, la statue n'avait pas grand-chose sur le dos. Pourquoi les statues sont presque toujours toutes nues ? C'est étrange, non ? Peut-être qu'elles auraient trop chaud avec des vêtements en pierre ?

J'ai voulu me couvrir les yeux avec la main (comme Monsieur Nyx veut toujours que je le fasse pour pas avoir de pensées impures). Mais la Reine a attrapé mon poignet et elle m'a piqué avec une épine de la rose. Au début, je n'ai pas osé pleurer. Je pensais qu'elle croirait que je mentais si je pleurais. Alors elle m'a piquée encore et encore, et encore. Je comprenais pas pourquoi elle voulait me faire mal. Mais c'était la Reine, alors qu'est-ce que je pouvais y faire ? Je me suis mise à pleurer, à force.

– Désolée, petite. Mais j'avais besoin de ceci.

Elle m'a passé un doigt sous l'œil pour récupérer une larme. Puis elle l'a jetée dans l'eau du bassin. Ça faisait bizarre de recevoir des excuses de la Reine. Mais ce qui était encore plus bizarre, c'était de voir l'Homme Bleu apparaître à l'intérieur du miroir de la statue !

– C'est un miroir de larmes, m'a expliqué la Reine. Il permet d'emprunter la vision des gens. Même des nécromants en culotte courte, comme toi.

Elle devait avoir une mauvaise vue, parce que j'étais pas en culotte courte mais en robe longue. Comme c'était la Reine, j'ai préféré ne pas lui dire qu'elle se trompait.

– C'est bien toi, Basile... a dit la Reine. Tu étais plus cobalt que bleu nuit, dans mes souvenirs.

– Aubépine, a répondu Basile. Les années ont rendu l'extérieur plus semblable à l'intérieur, on dirait...

Ils pouvaient se parler par le miroir !

Comme personne n'avait plus besoin de moi (comme d'habitude...), je me suis mise à ramasser des pommes de pin avec Monsieur Nyx. Ensuite, on les a lancées dans d'énormes plantes carnivores qui ressemblaient à des pièges à loups verdâtres. Ça claquait fort, dis donc !

J'entendais quand même un peu la Reine et l'Homme Bleu qui discutaient. Enfin, ils se disputaient plus qu'ils ne discutaient. On aurait dit Merryvère et Tristabelle. Malgré ça, l'Homme Bleu a réussi à lui expliquer toute l'histoire : la petite cuillère en argent, Joséphine et son fils, le méchant intendant et la pire vampire...

– Pourquoi me racontes-tu tout ? lui a demandé la Reine.

– Je te connais suffisamment, Aubépine. Même si ton tour venait sur le billot, tu trouverais le moyen d'emporter une bonne partie de tes adversaires avec toi. Tu as suffisamment de partisans loyaux pour cela. Et tu n'as jamais été tendre avec les séditieux. Ça aussi, j'en sais quelque chose. Alors, je te cède les comploteurs et la source du complot. Mais à un prix.

– Parce que tu comptes *négocier* avec moi ? Je suis la reine de Grisaille, pas une vulgaire marchande de poisons ! (Ses yeux lançaient des dards de reine guêpe, mais elle a fini par se calmer.) Je vais commencer par aller vérifier tes dires auprès de ma *très chère* dame de compagnie. En fonction de ses aveux, nous verrons pour ton « prix ». Tu as ma parole. Et si tu penses qu'elle ne vaut rien, je tiens à te faire remarquer que je ne t'ai jamais trompé, moi. Même en dix-huit années de solitude.

L'Homme Bleu se mit à réfléchir profondément. Je pouvais voir la grosse veine de sa tempe qui battait la mesure. Il a fini par se décider.

– Entendu. Dolorine, donne-lui la petite cuillère, s'il te plaît.

Monsieur Nyx m'a chuchoté que c'était vraiment pas une bonne idée. Parce que la parole de la royauté, d'après lui, ça a autant de valeur qu'une allumette dans une mine de soufre. Mais c'était le plan de l'Homme Bleu depuis le départ. Alors, je l'ai donnée à la Reine.

– Une si petite chose... a dit la Reine en contemplant la cuillère. Et pourtant si dangereuse. Maintenant que j'ai mis la main dessus, Basile, ne serait-il pas plus prudent que j'élimine la fillette ? N'est-ce pas là ce que ferait toute reine de Grisaille qui se respecte ?

– Fais comme bon te semble, a répondu Basile en soutenant son regard. La Reine ne commet jamais d'erreur.

Je tiens à dire que j'étais pas du tout d'accord avec cette partie du plan ! Ni au courant ! J'ai essayé de faire mes yeux de biche. Mais comme j'avais de la boue partout sur le visage, j'avais plutôt l'air de loucher...

La Reine m'a regardée, puis elle a regardé ses plantes carnivores, puis de nouveau moi. J'avais les fois (c'est quand on fait plein de prières différentes dans sa tête, parce qu'on a très peur) ! Puis elle a regardé Basile, assez longtemps. On aurait dit qu'ils se parlaient par les pensées, comme des Gemini. Finalement, elle a rangé la petite cuillère dans sa manche et m'a tendu la main.

– Allez viens, petite. Nous avons des traîtres à exécuter.

Mais je n'ai pas exécuté de traître, en fait. Monsieur Nyx râlait parce qu'il voulait voir des têtes rouler. Moi, j'ai juste vu la Reine ordonner à ses armures vides d'emmener Lumila aux geôles. Ben mon journal, laisse-moi te dire qu'elle était vraiment pas contente, comme tu peux l'imaginer...

Ensuite, la Reine a fait venir des servantes pour s'occuper de moi pendant qu'elle partait ailleurs pour plusieurs heures. Les servantes ont pu me donner un bain, me coiffer, et m'habiller – même me parfumer. C'était super !

Puis on m'a servi un repas, et j'ai mangé la meilleure chose de toute ma vie : des frites !!!

C'est des petits bâtons qui ressemblent à des doigts de squelettes, mais mous et croustillants. Quand j'ai posé la question au valet, il m'a dit que c'étaient des pommes de terre cuites dans de l'huile. Bien sûr, c'est pas possible, parce que les patates, c'est dégoûtant. J'aimerais que les adultes arrêtent de me raconter n'importe quoi juste parce que je suis trop petite pour comprendre...

La Reine est repassée pendant que je lisais dans sa bibliothèque. Il y avait assez de livres dedans pour construire une maison entière ! Elle m'a demandé si je pouvais lui lire un conte. C'était une histoire à propos de mille et une nuits de torture dans un désert de sel. Elle m'a écoutée en mangeant du raisin et des biscuits au chocolat. Et elle m'en a même donné ! Puis elle est repartie.

Beaucoup plus tard, la Reine est revenue avec une cage à oiseaux. Du moins, je pense que c'était une cage. Je n'ai pas vu les oiseaux car un drap blanc recouvrait la cage. Elle m'a dit qu'elle allait se rendre chez Joséphine pour tenir sa promesse. L'Homme Bleu se trouvait aussi à ses côtés, sans doute parce qu'elle avait la petite cuillère sur elle.

La Reine m'a demandé si je voulais venir pour qu'elle me dépose en ville ou si je préférais rester dormir au palais pour la nuit. Monsieur Nyx m'a crié que c'était un piège et que je ne reverrais jamais l'extérieur si je restais ! Alors j'ai dit que je voulais bien venir, parce que j'allais me faire disputer par mes sœurs si je ne rentrais pas bientôt. La Reine a dit d'accord. Elle m'a même fait un beau cadeau avant de partir (il est dans le jardin).

On se dirigeait vers la mansarde de Joséphine lorsqu'on a entendu un boucan de tous les enfers ! Ensuite, on est arrivés sur une place pleine de corbeaux qui piaillaient, de goules qui aboyaient, de blessés qui râlaient et qui expiraient. En voyant le carnage, la Reine a dit « Ça suffit ! ».

Elle a frappé deux fois dans ses mains. Là, les saules à côté de nous se sont mis à bouger. Ils avaient l'air très en colère (pour des arbres). Grâce à leurs racines et à leurs branches, le combat s'est vite arrêté. C'est là que j'ai remarqué Tristabelle, dehors.

« C'est ma grande sœur ! », j'ai crié.

Je suis descendue du carrosse et...

XXIII

La voix de la Reine tomba comme un suaire sur l'affrontement. Un ordre suffit pour que la rue lui appartienne. Et le silence qui suivit lui appartenait aussi : les prisonniers arrêtèrent de se débattre, les soldats se figèrent, les mourants tempérèrent leur agonie. La nuit elle-même retenait son souffle.

Dolorine courut jusqu'aux jupes de Tristabelle, qui l'étreignit avec circonspection en découvrant le cactus en pot que la fillette portait dans ses petits bras. Monsieur Nyx pendait crânement à sa ceinture.

La Reine descendit à son tour, embrassant la place du regard. Elle prêta une attention particulière aux curieux qui, malgré l'heure tardive, affluaient aux fenêtres. Les soldats suivaient en cercle compact chacun de ses pas.

—Votre Majesté, la salua le capitaine des Gardes-Caveaux en fléchissant maladroitement le genou (un revers vicieux de hachette lui avait ôté toute grâce). La situation est… euh… sous contrôle, comme vous pouvez le remarquer.

— « Sous contrôle » ? Les mensonges pleuvent dru, aujourd'hui… observa Aubépine Du Lys.

— Je, euh…

La douleur causée par la révérence l'empêcha de trouver une meilleure repartie. La Reine l'ignora et se dirigea vers le corps d'un rapiécé qui achevait de se consumer. Du bout de son sceptre – une longue badine d'acier nocturne surmontée d'un lys en ivoire – elle tritura la dépouille. Des braises pulvérulentes s'égrenèrent sur les pavés.

— Maintenant que nous avons déterminé votre absence de contrôle sur celle-ci, capitaine, dit la Reine d'un ton aussi neutre que de la soude caustique, expliquez-nous donc cette « situation ».

— Eh bien… Ce que nous prenions pour un banal cas de vandalisme dans la scierie que vous voyez ici (il tendit le bras vers le bâtiment) s'est révélé être l'occasion opportune d'appréhender les meurtriers de notre défunt patriarche (il indiqua Merry et Blaise qui se tenaient toujours à découvert sur le toit). Sans l'agression caractérisée de la Maison Vermeil…

— Les assassins d'Oswald ? le coupa la Reine. À la bonne heure… Une sentence s'impose.

En temps normal, l'annonce aurait dû combler le capitaine de joie. Mais comme la Reine continuait de le fixer, lui, et non les jeunes suspects sur le toit, son malaise s'accentua. Il tenta de se ratatiner toujours plus servilement sur le sol, conscient de sa position – celle d'un unijambiste saignant à grosses gouttes, en équilibre précaire entre un abîme sans fond et un gouffre peuplé de requins.

Son désarroi amusa Tristabelle. Elle contemplait cette démonstration de pouvoir royal avec un attrait mêlé d'envie : même à Grisaille, et même lorsque l'on appartenait à la Maison qui se prétendait maîtresse de la mortalité, on pouvait encore craindre la Grande Faucheuse quand elle se rapprochait de vous à la distance du baiser.

— Descendez, dit simplement la Reine à Merry et Blaise, alors qu'ils tentaient de se débiner par le toit.

Plusieurs racines crevèrent les tuiles d'ardoise et s'allongèrent pour leur barrer la route. Les extrémités végétales pointaient droit vers eux, tels des cobras prêts à mordre. Les jeunes gens reculèrent et se mirent à descendre, la mine déconfite. La Reine reporta son attention sur le capitaine.

— Que vos hommes embarquent les bas-citoyens et les cadavres. À voir leur faciès, nous sommes sûre que beaucoup d'entre eux ont déjà contracté une assurance-mort. Ou seront prêts à le faire pour échapper aux mines de sel. Quant aux autres, nous nous en chargerons nous-même : le jardin royal a acquis de nouvelles plantes carnivores, et les finances du palais n'étant pas des plus reluisantes… de la viande bon marché fera l'affaire.

— Pouvons-nous au moins mettre ceux-ci aux fers ? (Il désigna les Assassins Écarlates qui s'étaient regroupés autour de Natalia.) La Garde Spectrale saura les interroger pour déterminer leur complicité.

— Nous nous en chargerons *nous-même*, répéta la Reine d'un ton sans appel. Et n'oubliez pas vos goules. *Toutes* vos goules.

Il n'insista pas.

Une fois la place évacuée des goules, des corps, des Gardes-Caveaux, des rapiécés et du gang de Gros Larry, on y voyait presque clair. Aussi clair que possible pour une nuit compliquée à Grisaille, du moins.

En parlant de Gros Larry, sa tentative de se faire passer pour mort n'avait pas tenu bien longtemps : les corbeaux venus béqueter son moignon et les goules mordillant ses orteils ensanglantés avaient fini par le débusquer de son caniveau. Il se retrouvait donc aux fers avec le reste de son gang. Avant de monter dans le fourgon, il gratifia Merry d'un chapelet d'injures jusqu'à ce que le manche d'une hallebarde frappe ses chairs mollassonnes pour le faire taire.

Les grossièretés venaient cependant ajouter à l'embarras de la jeune fille. Elle avait l'impression pesante de se trouver au centre de toutes les attentions : les regards se croisaient et se décroisaient – envieux, pour Natalia, que ses hommes avaient fini par décoincer de la grille ; affamés, chez Katryan ; défiants, entre Blaise et la Reine ; insondables, enfin, pour Tristabelle. Mais tous finissaient immanquablement par lui retomber dessus.

« Ce n'est pas ma faute ! Pas ma faute ! Ce n'était pas ce que je voulais ! », faillit crier Merry à la cantonade.

Elle se ravisa, préférant ne pas passer tout de suite pour une dingue bonne pour le sanatorium. Et aussi parce que, si elle ne s'estimait pas fautive… pas exactement… elle se sentait tout de même terriblement *responsable* de la situation.

Sa langue cliqueta dans sa bouche trop sèche quand la Reine la sollicita enfin des yeux. Ils étaient verts comme les siens, et pourtant différents du tout au tout : solides, inexpugnables et aiguisés – et non usés – par les horreurs de Grisaille.

Merry, qui pouvait lancer une dague sur une mouche en plein vol ou faire le poirier sur une corniche balayée par la grêle, se trouva subitement incapable de reconnaître sa gauche de sa droite. Comment devait-on s'adresser à une reine ? Votre Altesse ou Votre Majesté ? Quand devait-on faire la révérence ? Au début ou à la fin de la conversation ? Et dans quel sens plier les genoux ? Où poser ses mains ?

Pire, ce chahut interne dissimulait vainement la question essentielle, celle qui pointait en friche de ses pensées :

Qu'est-ce que la Reine va me faire ?

Car la Reine lui réservait quelque chose, c'était évident. On ne fixe pas aussi *silencieusement* quelqu'un pendant aussi *longtemps* sans penser à la mort, à la douleur, à la perte… et aux meilleurs moyens de les lui infliger.

L'appréhension vaporeuse de Merry se condensait maintenant en sueurs froides.

Seule la vision de Dolorine, saine, sauve et souriante, lui mettait du baume au cœur. Ce fut d'ailleurs la fillette qui rompit la tension la première.

— L'Homme Bleu dit que c'est *lui* ! lança-t-elle en pointant vers Blaise avant de se couvrir la bouche des deux mains, comme si elle venait de dévoiler par inadvertance un important secret.

— Nous nous en doutions, même si la ressemblance n'est pas frappante, jugea la Reine. Mais chaque chose en son temps…

Elle claqua des doigts à l'intention de son cocher. Celui-ci se précipita à l'intérieur du carrosse et lui rapporta dans la minute la cage à oiseaux, toujours recouverte d'un tissu. La Reine se tourna alors vers les vampires de son petit cercle – une vampire en particulier.

— Nous ne vous avons pas vue à la cour de longue date, Natalia Vermeil. Votre style nous manque. Le nombril percé n'est toutefois pas des plus élégants, dit-elle en indiquant le trou béant que la grille avait ouvert à même son ventre.

— Vous m'en voyez navrée, Majesté, des… (Elle lança une œillade furtive à Blaise.) Des afflictions douloureuses m'ont retenue loin de votre cour, dernièrement.

— Il faudra vous faire pardonner. À ce sujet, nous avons quelque chose pour vous.

Elle tira de sa robe la petite cuillère en argent. Natalia eut un mouvement de recul à sa vue, plus vif que tous ceux que les crucifix ou les gousses d'ail de Grisaille – superstitions inefficaces lancées par les Vermeils eux-mêmes pour se moquer des crédules – ne lui causeraient jamais.

— Ceci ? commenta la Reine en indiquant la cuillère avec un plaisir à peine contenu. Oh non, non… Juste une vieille chose sans la moindre importance. Ne vous en souciez plus, chère Natalia. (Elle claqua de nouveau les doigts. Le cocher tendit la cage à la Vermeil.) Ceci, en revanche, est un cadeau pour votre mère. Et dites bien à Magdalena que nous serions ravie de l'avoir pour le thé, un de ces soirs. Surtout si elle veut récupérer le reste de Ludmila.

Natalia souleva un pan du tissu et le rabattit presque aussitôt. Un coup d'œil avait suffi pour que sa peau livide blanchisse davantage.

— Partez, maintenant, les congédia la Reine.

Les Vermeils ne se firent pas prier. Ils s'éloignèrent en quelques mouvements flous, sauf Katryan, qui resta plantée là sans trop savoir qui suivre.

— Qu'est-ce que tu fiches ? dit Natalia en remarquant son trouble. Porte cette horreur jusqu'au manoir. Je te laisserai mordre un serviteur ou deux.

Et elle lui mit la cage à oiseaux entre les bras avant de se fondre dans les ombres.

Un instant, Merry espéra que Katryan l'enverrait valdinguer et viendrait la rejoindre. Elles pourraient rentrer ensemble et tout serait comme avant, ou presque. Il faudrait régler certains détails, bien sûr, comme ses nouvelles habitudes alimentaires ou le fait que le service de jour au *Labyrinthe* lui soit désormais inaccessible, mais rien d'impossible à…

Son cœur se serra lorsque son ancienne complice emboîta le pas à Natalia. Elle la vit s'évanouir dans la nuit, sans même un regard pour elle. Les nécrophilosophes avaient – hélas – raison : la mort, ça vous changeait vraiment quelqu'un.

Une fois les Vermeils disparus, la Reine se tourna vers Blaise, dont les doigts frémissaient sur le pommeau de son épée. Malgré la cohorte de soldats qui les encerclait, Aubépine Du Lys se trouvait dans une position plutôt cavalière : le jeune homme pouvait offrir à Grisaille un nouveau souverain – et venger sa famille – d'une simple fente en avant. Il ne survivrait pas à ce régicide, évidemment, mais il n'aurait sans doute jamais plus belle occasion.

La Reine s'adressa pourtant à lui avec calme, effrayante dans sa dignité :

— Nous vous connaissons... peu. Mais nous ne vous aimons déjà... pas. Nous n'aimons pas ce que vous êtes, nous n'aimons pas d'où vous venez. Et nous abhorrons, par-dessus tout, ce que vous représentez.

Les doigts de Blaise se contractèrent un peu plus sur l'épée. Avant qu'il ne fasse quoi que ce soit d'inconsidéré, Merryvère piégea sa main dans la sienne.

Le jeune homme ne réagit pas, le regard toujours aussi fixe que ses intentions. Merry se prépara nerveusement à lui casser le bras pour le sauver de lui-même.

À son soulagement, les tendons finirent par se relaxer contre sa paume et Blaise laissa retomber leurs mains, toujours jointes, loin de son arme.

Tristabelle, qui avait remarqué le manège de sa sœur, lui pinça le coude en toute discrétion. Pourtant, Merry ne lâcha pas davantage les doigts de Blaise, même si elle se demanda un instant pourquoi. Sa main semblait à sa place contre celle du garçon qui, de toute façon, ne la repoussait pas.

La Reine ne se formalisa pas devant l'émoi soudain de son auditoire : rendre les gens nerveux était même un de ses privilèges favoris. Elle agita la petite cuillère en argent comme un hochet, sans quitter Blaise des yeux.

— Votre père vous salue, déclara-t-elle finalement.

Dolorine approuva avec énergie :

— Oui ! Oui ! Il dit qu'il est très fier. Et qu'il s'excuse de tout. Et que tu aurais bien besoin d'une coupe de cheveux.

La Reine eut une moue fatiguée et rangea la cuillère.

— Notre ex-conjoint nous a arraché la promesse de ne pas vous faire de mal, à vous et à votre pleurnicharde de mère. Nous sommes prête à la tenir, à condition que vous promettiez vous-même de faire preuve de la plus totale discrétion sur vos origines…

Blaise hésita un instant, puis acquiesça. Merry espérait que la conversation en reste à ce menaçant compromis, lorsque les lèvres de la Reine rompirent à nouveau le silence :

— Et quant à vous… Mais, attendez… *Qui êtes-vous, exactement ?*

Elle fronça un sourcil impeccable vers la jeune fille.

— Merryvère Carmine, s'entendit-elle répondre sans même y penser. « Merry », Ma-ma-ma… madame.

Le coude de sa sœur s'enfonça rudement dans ses côtes :

— Et Tristabelle Carmine, *Votre Majesté* ! Excusez l'impolitesse de ma sœur, elle est un peu… lente. Notre mère buvait beaucoup d'absinthe pendant sa grossesse…

Un éclat fugace illumina les prunelles royales.

— « Carmine » ? Nous connaissons ce nom. Mais, impossible de…

— C'est mes grandes sœurs ! s'écria Dolorine en se croyant serviable.

La Reine secoua la tête.

— Non, non… Ce n'est pas… (Elle haussa les épaules, un mouvement qui la fit soudain paraître bien plus humaine à Merry.) Cela va peut-être nous revenir, le temps de notre promenade en votre compagnie…

— En notre compagnie, Ma-Ma-Majesté ? s'inquiéta Merry.

— Oui. L'heure est belle, la nuit agréable. *Venez.*

XXIV

LES CORBEAUX REPUS se massaient sur leur passage, cortège gloussant pour procession muette. Merry ressassait des idées noires qui ne déparaient en rien l'ambiance du cimetière :

Vermine ailée ! Vous allez bien dormir après ce banquet de charogne ! Et probablement vous réveiller devant un copieux petit-déjeuner, si la Reine dresse ici mon gibet... Je vois clair dans votre jeu ! C'est vous qui avez tout manigancé depuis le début, n'est-ce-pas ? Pour vous remplir la panse avec toujours plus de cadavres...

Ses doigts la démangeaient à chaque croassement. Mais elle avait épuisé son stock de poignards au cours de la rixe, et les oiseaux s'en tireraient cette fois à bon compte. La Reine avait aussi abandonné ses armes, laissant son escadron devant les grilles, sans pour autant paraître plus vulnérable : la lune taillait des visages curieusement moqueurs dans l'écorce des saules tragiques, rendus soudain aussi joviaux que leur maîtresse – une armée immobile, capable de lui prêter ses branches tentaculaires à la moindre menace.

Tout comme la brume, la tension s'épaississait à chaque pas vers la sépulture d'Oswald. Merry sentait ses cheveux se dresser d'angoisse, presque assez haut pour attirer la foudre. Personne n'osait rompre la chape de silence, rendant les vocalises des corbeaux encore plus insupportables. Voyant sa sœur soucieuse, Dolorine finit tout de même par intervenir :

— Regarde mon cactus, Merry ! C'est la Reine qui me l'a donné pour notre jardin d'hiver ! Je vais l'appeler « Franklyn Baptiste Désiré de Mont-Augure ». Ou « Monsieur Pic-pic », j'ai pas encore décidé…

— Mais nous n'avons pas de jardin d'hiver, Dolorine. Même pas de jardin, à vrai dire. Plutôt une sorte de bourbier…

Le spectre d'un sourire se matérialisa toutefois sur les lèvres de Merry.

Mission accomplie ! pensa sa petite sœur.

Le répit fut de courte durée. Le sceptre de la Reine, dont l'extrémité brillait maintenant d'une lueur glauque, révéla une tombe à la terre fraîchement dérangée, puis rempilée à la hâte. Le pauvre Léon Sépulcre avait vraiment fait un travail de sagouin.

— Nous y voilà, déclara sobrement la Reine.

Merry et Blaise se figèrent. Tristabelle se dirigea d'un pas tranquille vers la pierre tombale qui lui fournirait le meilleur siège. Mais la Reine la prit de court et vint s'asseoir sur la stèle convoitée. Étiquette ou pas, la jeune fille se fendit d'un sifflement jaloux. La souveraine l'ignora avec panache.

— J'ai longtemps voulu me débarrasser de mon intendant royal, le saviez-vous ? Bien avant même d'apprendre sa traîtrise. Les intendants font un peu partie des meubles du palais… On les accepte avec le trône, sans avoir vraiment son mot à dire, puis on finit par s'y habituer.

Ce soudain abandon des formalités ne rassura pas Merry, bien au contraire. Pas plus que le vert moussu des iris braqués sur elle. Elle se sentit acculée.

— Majesté, je…

— *Néanmoins*, coupa la Reine, quand je vivais encore dans les Laments, nous avions l'habitude de dire que l'étape la plus plaisante d'un crime était son châtiment. (Elle pouffa en silence contre son gant.) Alors, dans une affaire aussi entendue…

— Merry n'a rien à voir avec la mort du patriarche ! s'interposa Blaise. Ce n'est qu'une voleuse ! C'est moi qui ai…

L'œillade assassine que lui lança Merryvère acheva sa tirade. Pour qui se prenait-il, ce martyr condescendant ?!

La Reine échangea avec Merry un regard de connivence.

— Nous sommes bien d'accord, jeune fille… Ce garçon parle trop et ment mal. Le digne fils de son père.

Des crépitements noueux se firent entendre alors qu'elle achevait sa phrase ; le son de puissantes racines remontant des entrailles de la terre en éventrant les cercueils et en rompant le marbre des monuments. Elles grimpèrent le long des jambes de Merry et de Blaise, les enserrant de leur poigne inextricable.

La Reine continua, comme si de rien n'était :

— Une voleuse, disiez-vous ? Je connais le châtiment approprié.

— Je vous en prie… plaida le jeune homme, tandis qu'une racine se glissait à travers la poignée de son épée pour la sortir de son fourreau.

— Tendez le bras.

L'ordre s'adressait à Merry, toujours silencieuse. Elle finit par y obéir avec défiance, bien décidée à ne pas accorder à la Reine le plaisir de suppliques inutiles. Mais en elle-même, elle était complètement terrifiée :

Alors voilà comment se termine ma carrière de monte-en-l'air ! Qui vole un doigt perd une main ! Je me demande si Tristabelle osera coudre de la dentelle sur mon crochet…

Cette dernière observait la sentence avec une inhabituelle fébrilité. Même Dolorine, en pleine conversation avec d'invisibles fantômes (comme chaque fois que des grandes personnes *vivantes* l'ignoraient pour discuter entre elles), se figea et retint son souffle.

En voyant la Reine lever l'arme au-dessus de sa tête, Merry se raidit pour faire bonne figure. Mais ses nerfs la trahirent et elle se mit à trembler violemment. Elle ferma les yeux lorsque l'épée s'abattit, sentit à peine l'acier mordre sa main tendue et… se rendit compte que seul le plat de la lame l'avait frappée. Frappée très doucement, même. Trois petits coups indolores, une remontrance pour enfant turbulent.

— Que je ne vous y reprenne plus.

Les racines se desserrèrent en chuintant, la relâchant si brusquement qu'elle en perdit l'équilibre. Son cœur battait trop fort, le monde tanguait encore autour d'elle, vide de couleurs et de sons.

La jeune fille tomba à genoux dans le brouillard. Elle accueillit l'humidité poisseuse avec soulagement, jusqu'à ce que Dolorine et Blaise viennent la remettre sur pied.

— Bien… dit la Reine en levant les yeux vers la lune. Je pense que je vous ai retenu assez longtemps pour que mes soldats aient fini par dénicher votre mère, jeune homme. Nous allons donc prendre congé de votre amusante, quoique bien naïve, compagnie… (Le regard incrédule de Blaise la fit sourire.) Oui, j'ai menti. La belle affaire. Je suis la Reine.

L'assassin porta la main à son fourreau, hélas vide : son épée gisait encore quelque part dans la brume. Il dut se contenter de serrer les poings.

— Vous devriez même me remercier pour ce mensonge, petit ingrat ! poursuivit-elle. Votre père ne souhaitait pas que je vous laisse tranquilles, vous et votre mère, mais que je vous fasse exécuter. Afin que vous le rejoigniez tous dans l'au-delà.

— Oh ! ça, c'est pas très gentil, l'Homme Bleu ! intervint Dolorine sur un ton peiné.

— C'est d'ailleurs la seule raison pour laquelle je ne vous fais pas trucider sur-le-champ : priver Basile du plaisir de retrouver sa chère famille me donne de délicieux frissons…

— Vous êtes un monstre ! tempêta Blaise.

— Non, je suis *la Reine*. N'oubliez jamais ce fait. Et faites-vous oublier, de votre côté. Si Grisaille et ses nobles Maisons entendent parler de vous, ce sera… fâcheux.

Et la Reine s'éloigna sans attendre de réponse. Elle flottait sur la brume comme un galion fantôme, laissant dans son sillage naufrage et destruction.

— Que la nuit vous soit toujours favorable, Votre Majesté ! la salua Tristabelle en exécutant une parfaite révérence.

Une fois qu'elle eut disparu, Blaise se précipita à la recherche de son épée. Son visage tourné vers le sol ne cachait guère l'étendue de sa rage, les veines gonflées, les épaules agitées de spasmes. Merry vint lui prêter main-forte et ce fut elle qui finit par retrouver la lame.

— Dépêche-toi, dit-elle en lui tendant l'épée. Peut-être que tu peux encore arriver avant eux…

Le jeune homme secoua la tête. Son rictus crispé indiquait qu'il ne croyait pas plus aux paroles de la jeune fille qu'elle-même. Il plissa vers elle ses yeux furieux.

— Tu te sens coupable ? lui cracha-t-il. Bon sang ! Si tu m'avais laissé la cuillère, on n'en serait pas là ! Si je ne t'avais jamais croisée, ma mère serait…

Merry tressaillit, scandalisée par sa réaction. Il lui en voulait maintenant ? Après tout ce qu'elle avait fait ? C'était si *injuste* ! Même si elle comprenait sa détresse, elle ne pouvait empêcher la déception de la noyer comme une lame de fond.

— Eh bien, adieu, le coupa-t-elle sèchement. On ne se gênera plus.

— C'est ça… Adieu, brindille.

Il rengaina son épée et tira avec irritation sur le col de sa cape ; elle croisa les bras sur sa poitrine avec dédain.

— *Adieu ?* Certainement pas ! objecta Tristabelle. Repassez à la maison quand vous voulez, Blaise ! Je vous laisserai me mordre.

— Tristabelle… commença-t-il, perplexe. Je ne suis pas vraiment un Vermeil.

— Je sais, ajouta-t-elle avec un clin d'œil espiègle.

La figure de Blaise s'empourpra ; celle de Merry également. Elle baissa les yeux pour ne pas rencontrer son regard. Lorsqu'elle les releva, il était parti.

Le cimetière sombra dans une torpeur pâteuse après son départ, enterrant Merry sous une épaisse couche de déjà-vu : les corbeaux s'étaient enfin endormis, serrés en grappe sur les branches et prêts à reprendre leur récital à l'aube ; le ciel ruminait son perpétuel orage ; la terre détrempée menaçait d'aspirer bottines et chevilles ; la brume flemmardait toujours entre les mausolées. Rien n'avait vraiment changé depuis sa dernière visite.

Merry s'écroula contre la stèle d'Oswald Sépulcre. La futilité de toute cette aventure venait de la frapper de plein fouet.

Car qu'est-ce qu'elle lui avait rapporté, finalement ? Pas même une petite cuillère.

Des bleus partout, certes. Des poignards éparpillés à travers toute la ville, oui. Une réputation ruinée. L'inimitié d'une Maison entière, peut-être deux. Sa meilleure amie en moins. Et rien dans les caisses, ne serait-ce que pour se payer un fiacre jusqu'à la maison.

Mais tu as rencontré un prince ! Un prince ! s'extasia une partie de son esprit – celle qu'elle n'écoutait pratiquement jamais, parce qu'elle lui parlait avec la voix de sa grande sœur.

Oui, et ?

Un prince en guenilles, c'était tout. Pas le genre à vous offrir ni palais ni carrosse, ni même une poignée de lys pour l'avoir aidé. Un prince qui la détestait, en plus. Un cuistre doublé d'un parfait imbécile.

En son trouble intérieur, la jeune fille devait tout de même admettre que rencontrer Blaise avait été pour le moins… intéressant, une fois qu'il avait cessé de chercher à la tuer. Tristabelle avait peut-être… hum… raison. Elle devrait se laisser aller davantage. La vie était courte à Grisaille : on tuait les semaines en attendant qu'elles ne vous tuent.

Merry prit aussi conscience qu'elle s'en sortait avec encore tous ses doigts, tous ses bras et toutes ses sœurs. Trois jours plus tôt, elle n'aurait jamais cru s'en tirer à si bon compte. Cela revenait presque à une victoire, non ?

Dolorine se mit à bâiller sous ses yeux. La fillette aurait volontiers couvert sa bouche, comme Maman le lui avait appris, mais ses mains étaient occupées par son cactus.

— Épuisée, ma belle ? dit Merryvère en lui caressant les cheveux. On va rentrer se coucher.

Elle ouvrit la marche, presque de bonne humeur malgré la fatigue qui la taraudait. Ses pensées flânaient parmi la grisaille du ciel et frissonnaient en contemplant la lune, qui lui rappelait un galant visage couronné de blond…

Tant et si bien qu'elle ne prêta aucune attention à la troupe de gardes royaux.

Ils faisaient le pied de grue devant les grilles du cimetière, non loin d'un fourgon blindé dont les chevaux piaffaient dans la brume.

— HALTE ! l'interpella le capitaine en avançant à sa hauteur. Vous faites partie des… (Il jeta un coup d'œil à des griffonnages sur un bout de parchemin qu'il tenait.) *Carmines*, n'est-ce pas ?

— Euh, oui… aventura Merry. Entre autres.

— Parfait. On vous embarque. La Reine a dit « *L'une des trois.* »

— Mais, enfin ! Pourqu…

Un gant d'acier se plaqua sur sa bouche. Deux gardes la saisirent sous les épaules, deux autres aux genoux pour l'empêcher de se débattre. Elle ne se priva pas de leur balancer de méchants coups de coude et de pied, mais ils rebondirent sans dommages sur leurs cuirasses, jusqu'à ce que Merry y épuise toute son énergie. Le capitaine hocha alors son casque vers elle avec la satisfaction du travail accompli.

— Sa Majesté s'est souvenue avoir vu votre nom en belle place sur la liste des plus gros arriérés d'impôts auprès du trésor royal, la renseigna-t-il.

— Avec une mention spéciale « Mauvais payeurs », compléta un autre garde. De la part du questeur attitré de votre maisonnée.

Tristabelle et Dolorine les regardèrent balancer Merry sans ménagement dans le fourgon, avant de le verrouiller. La jeune fille hurlait et criait derrière les barreaux.

— Qu'est-ce que la Reine lui réserve ? demanda distraitement l'aînée au capitaine.

— Oh, elle va probablement la faire exécuter en public, répondit-il avec la nonchalance caractéristique des gardes de Grisaille face aux atrocités. La Reine ne plaisante pas avec les taxes.

Il les salua et monta s'asseoir sur le toit du fourgon avec le reste de sa brigade.

— Tu vois, ma puce… Pas besoin de s'inquiéter, expliqua Tristabelle à Dolorine d'une voix rassurante. Les exécutions publiques n'ont jamais lieu pendant la nuit. On essayera de la faire libérer demain matin. Si je n'ai rien d'important dans mon agenda, é-vi-dem-ment…

***

Tristabelle dégota un cocher sur la fin de sa tournée. En échange du prix de la course, elle parvint à lui refourguer son dernier bon pour une manucure à *La Fleur de Sang*. Pendant que les deux sœurs prenaient place à l'intérieur du fiacre, le cocher regarda bêtement le coupon puis ses mains pleines de cals, et se demanda comment il en était arrivé là.

Lorsqu'il les déposa en bas de l'impasse Scolopendre, une forte brise soufflait des effluves marins jusqu'au sommet de la falaise. Les bourrasques asticotaient sans trêve les lumières de la ville en contrebas : lucioles hagardes, lanternes vacillantes, feux follets incertains. La nuit s'annonçait tranquille, en dépit du glas des carillons et des habituels cris d'angoisse dans le lointain.

Elle leur ménageait toutefois une dernière surprise.

Le portail entrebâillé, les traces dans la poussière du jardin, la lumière diffuse d'une lanterne derrière les fenêtres de la cuisine – autant d'indices qui auraient mis la puce à l'oreille d'une monte-en-l'air du calibre de Merry. Seulement, elle n'était plus là pour veiller sur ses sœurs, aussi ne remarquèrent-elles rien d'inhabituel avant qu'elles ne soient entrées.

Il y avait quelqu'un dans le couloir.

Une personne en robe colorée et à la coiffure exotique (pour ne pas dire excentrique), qui portait ce qui ressemblait à un paquet de linge, tout emmailloté contre sa poitrine.

Elles se figèrent à sa vue, plus pétrifiées que les visiteurs malchanceux d'une gorgone.

— Salut, les filles ! leur lança la sémillante Lady Carmine. Allons, ne restez pas plantées dans l'entrée ! Tristabelle, pose-moi cette ombrelle avant de crever l'œil de quelqu'un. Dolorine, la porte, s'il te plaît. Tu vas attraper la mort avec ce courant d'air… Allez, allez ! On s'approche pour que je vous embrasse. Et venez dire bonjour à votre nouveau petit frère… Mais au fait, où est passée Merry ?

EXTRAIT DU TOME 2

L'hiver avait transformé Grisaille en sablier glacial : les monceaux de neige qui encrassaient la Haute-Ville finissaient invariablement par crouler jusqu'à la Basse-Ville sous leur propre poids. Les flocons s'écoulaient des toits en traînées souffreteuses, fardant les hauts-de-forme des messieurs, poudrant les bustiers des dames. Les habitants les plus pauvres, ceux qui n'avaient pas les moyens d'adapter leur garde-robe sombre aux frimas, semblaient tous victimes d'effroyables pellicules. Tristabelle Carmine se gaussait de leur allure, drapée d'une pèlerine flambant neuve et d'un sourire mesquin.

« Mesquin » ? Vraiment ?

Le sourire s'adressait également à une ou deux privilégiées – riches en lys mais pauvres en sens pratique – parées d'atours bien trop clairs pour la saison. La neige les salissait de filaments grisâtres en s'évaporant. Inhabituel pour de la neige, certes, mais les nuages de Grisaille débordaient de cendres. Pas celles – trop denses – recrachées par les hauts fourneaux Forge-Rage ; des cendres plus fines, portées aux cieux par les cheminées des crématoriums. Les particules de glace leur offraient une nouvelle vie, plus élémentaire, presque volcanique. L'occasion de se rappeler aux pauvres diables en contrebas et de ruiner la toilette de quelques prétentieuses.

Aux yeux de Tristabelle, ce n'était que justice : ces cocottes avaient failli à leur « devoir d'avant-garde », une notion issue tout droit de l'esprit détraqué de la jeune fille.

« Détraqué » ? Et puis quoi, encore ?…

Ce devoir d'avant-garde signifiait que lorsque l'on appartenait au grand monde, il fallait le prouver en toute occasion. Sinon, comment le bon goût et la sophistication de l'élite finiraient-ils par déteindre sur les masses ignorantes ? Par orienter leurs décisions, par façonner leurs opinions ? Et, plus important, par améliorer le style de leurs vêtements ?

Une promenade dans la Basse-Ville offensait déjà suffisamment de sens – l'odorat, l'ouïe, le bon sens – pour ne pas y ajouter la vue. Il était donc tout à fait impardonnable d'oser le blanc ivoire pour braver les neiges, quand une nuance de gris perle était tellement plus appropriée. Histoire de faire retenir la leçon aux contrevenantes, Tristabelle aurait volontiers condamné un tel impair de dix d'années aux mines de sel.

La jeune fille pressa le pas. Malgré le givre hasardeux, ses talons hauts mitraillaient les pavés. Elle marchait comme elle respirait, parlait, vivait : avec l'arrogance d'un prédateur sur son territoire de chasse, la cruauté du félin au royaume des souris, le mépris du serpent pou…

Un « serpent », maintenant ?!

Bon, ça suffit ! Vous croyez que je n'entends pas vos persiflages ?

Ce n'est pas parce que vous êtes une voix dans MA tête que cela vous donne le droit de m'insulter ! Ni de raconter n'importe quoi à mon sujet ! Qui vous a appris les bonnes manières ?!

Je reprends les choses en main. Libre à vous d'aller espionner la vie d'une autre si mon récit ne vous sied pas…

Ah, voilà qui est mieux !

Vous êtes toujours là ? *É-vi-dem-ment.* Comme si vous aviez plus intéressant à faire !

Bien, maintenant que nous avons établi que votre vie était moins passionnante que la mienne, il est temps d'avancer. Hors de question d'arriver en retard au thé de Védastine Lamproie.

« *Pourquoi ?* », demandez-vous ?

Par les épouvantails ! Allez-vous désormais m'accabler de commentaires incessants ? Je vous espérais moins curieux. Ou plus discret. Personne n'aime les voyeurs bavards, vous savez ! Mais si cela peut vous faire taire le temps du trajet…

L'explication est très simple : le sucre coûte cher à Grisaille, et cette pauvre Védastine n'a jamais les moyens d'en offrir assez à ses convives lorsqu'elle tient salon. Tout le monde sait qu'elle dilapide l'argent de son boucher d'époux à entretenir un amant Gemini sans le sou.

Je trouve cet adultère navrant : quel est l'intérêt d'un amant, si c'est VOUS qui devez tout lui payer ? Un très mauvais calcul, surtout qu'un Gemini coûte deux fois plus cher qu'un amant ordinaire. À cause de son jumeau, voyons !

Védastine est vraiment bête à manger du foin. Et son thé est plus amer que sa vie sentimentale. Aussi, arriver après que ses invités – la bande de pique-assiette d'usage – ont sucré tout le sucre… *In-con-ce-vable.* Plutôt avaler un verre de cyanure.

Vous comprenez mieux l'urgence ? Alors, en route.

Oh ! Avant que je n'oublie, néanmoins, sachez que vous m'avez bien mal jugée : si cela tenait à mon bon vouloir, jamais je ne ferais envoyer qui que ce soit aux mines de sel pour avoir porté du blanc en hiver !

Ce serait si… idiot. Patauger dans le sel éclaircirait davantage leurs teints et leurs tenues ; quand elles reviendraient des mines, tout serait à recommencer.

Non, franchement, pour leur apprendre les rudiments de la haute couture, mieux vaudrait les écorcher vives et faire de leur peau des manteaux distingués. En toute simplicité.

Allez, allez ! On se dépêche ! Nous y sommes presque.

Oui, la bicoque miteuse, là-bas, au coin de la rue Aigre. Celle avec seulement trois étages et des poignées de porte plaquées or.

Plaquées or, vous vous rendez compte ?

Même pas de l'or massif. Autant dire du cuivre. Sans parler de cette enseigne en forme de cochon rieur. Regardez-moi ces couleurs criardes ! Si j'avais dû épouser le mari de Védastine, il m'aurait retrouvée pendue à cette horreur dès notre nuit de noces.

Je grimpe les escaliers avant d'être aperçue sous l'ignoble panneau, frappe trois coups au heurtoir, et voici que la maîtresse de maison en personne vient m'ouvrir. Védastine n'a même plus les moyens de se payer une domestique. Je ne devrais pas lui en tenir rigueur, j'ai connu cela. Mais tout de même, c'est hu-mi-liant.

— Tristabelle ! s'exclame-t-elle sur un ton faussement jovial, alors que nous savons pertinemment qu'elle me jalouse en tout.

— Védastine ! ajouté-je sur le même ton.

Nous nous saluons d'une bise fantôme. C'est l'une des dernières modes du demi-monde. Pas l'une des pires, d'ailleurs : je trouve très pratique cette façon de s'embrasser du bout des lèvres, en ne touchant que l'air. On évite ainsi tout contact avec des joues à l'hygiène douteuse, souvent gluantes de maquillage bon marché.

Si seulement les hommes de Grisaille pouvaient adopter un jour le « baisemain fantôme », histoire que le cuir de mes gants soit moins souvent intime avec des lippes répugnantes ou d'offensantes moustaches…

— Quel est ton secret, Tristabelle ? Comment fais-tu pour être toujours aussi resplendissante, même par ce froid ? me complimente Védastine en m'entraînant dans le corridor. Je suis si envieuse que je pourrais t'arracher la peau pour m'en faire un masque de beauté !

— Incorrigible flatteuse ! C'est si aimable que je ne t'en voudrais même pas de le faire. Toi, par contre, tu as vraiment une mine affreuse !

Quoi ? Trop direct ? C'est pourtant la stricte vérité : Védastine a le teint cireux, le nez qui coule et les lèvres gercées. Ses cheveux filasse sont à peine mieux coiffés que ceux de ma petite sœur. *Merryvère*, é-vi-dem-ment ; Dolorine, elle, connaît la valeur d'un coup de peigne. Tandis que Merry, même avec un coup de guillotine… Si vous aviez vu l'état de sa coiffure, le jour de son exécution ! Pas étonnant que Mère ait fondu en larmes en la découvrant devant l'échafaud. Moi aussi, j'avais honte.

En parlant de larmes, Védastine n'est pas loin d'en verser. Le fard violet sous ses yeux – qui agresse les miens, au passage – ne cache guère ses poches de fatigue, plus grosses que des sachets de thé. La maîtresse de maison ne doit pas beaucoup dormir, en ce moment. La maitresse de maison ne doit pas beaucoup dormir en ce moment. Et je doute que ce soit parce que ses amants doubles comblent ses…

Pardon ? *« Merry et la guillotine » ?*

Vous voudriez en savoir plus ?

Vous plaisantez, j'espère… On s'en fiche ! C'est – *mon* – histoire, pas la sienne ! Vous ne voulez pas que je vous raconte le naufrage de Mère, aussi ?! J'ai mieux à faire que de perdre mon temps de la sorte. Surtout pour un récit terriblement banal de pirates, de clowns fantômes et de baleines mécaniques ! Quant à Merry…

Extrait du Guide touristique officiel de Grisaille, Édition 1888*

(Bien)venue à Grisaille !

Vous trouverez en fin de cet ouvrage la tarification des stèles pour chacun de nos deux cent quarante-trois cimetières, ainsi qu'un barème sur la qualité des inhumations : autopsie comprise dans le séjour, cercueil renforcé contre les goules, mausolée pour jeunes couples, accueil des animaux de compagnie et des enfants…

Pensez également à apprendre par cœur le calendrier en vigueur dans notre incroyable cité ! Il n'y a rien de plus fâcheux que d'avoir la date de votre trépas coincée sur le bout de langue au moment de prononcer vos dernières paroles !

Jours de la semaine : longhain, mortifère, cendreux, brumhain, venteux, samhain, démence.

Mois de l'année : envieux, fiévreux, masque, âpre-île, marais, tréfonds, trépasse, augure, sept-tombes, opprobre, novencre, démembre.

Vous êtes maintenant prêt à braver nos stupéfiantes ruelles. Et souvenez-vous qu'à Grisaille, c'est toujours la morte saison !

Bonne chance !

* Publication sponsorisée par notre bien-aimée Reine, Sa Majesté Aubépine Du Lys.

Le Livre de Poche s'engage pour l'environnement en réduisant l'empreinte carbone de ses livres. Celle de cet exemplaire est de :
300 g éq. CO_2
Rendez-vous sur www.livredepoche-durable.fr

PAPIER À BASE DE FIBRES CERTIFIÉES

« Pour l'éditeur, le principe est d'utiliser des papiers composés de fibres naturelles, renouvelables, recyclables et fabriquées à partir de bois issus de forêts qui adoptent un système d'aménagement durable. En outre, l'éditeur attend de ses fournisseurs de papier qu'ils s'inscrivent dans une démarche de certification environnementale reconnue. »

Édité par la Librairie Générale Française - LPJ
(58 rue Jean Bleuzen, 92 170 Vanves)

Composition Nord Compo
Achevé d'imprimer en Espagne par Liberdúplex
Dépôt légal 1re publication janvier 2021
15.2316.0/ 01 - ISBN : 978-2-01-713403-9
Loi n° 49-956 du 16 juillet 1949 sur les publications destinées à la jeunesse
Dépôt légal : janvier 2021